世界文学名著名译典藏

全译插图本

夜莺与玫瑰

〔英〕奥斯卡·王尔德◎著　林徽因◎译

THE NIGHTINGALE AND THE ROSE

长江出版传媒 | 长江文艺出版社

图书在版编目（C I P）数据

夜莺与玫瑰 / （英）奥斯卡·王尔德著；林徽因译
. -- 武汉 : 长江文艺出版社， 2018.5
（世界文学名著名译典藏）
ISBN 978-7-5702-0312-3

Ⅰ. ①夜… Ⅱ. ①奥… ②林… Ⅲ. ①童话－作品集
－英国－近代 Ⅳ. ①I561.88

中国版本图书馆 CIP 数据核字(2018)第 062086 号

责任编辑：杨　岚　　　　责任校对：陈　琪
封面设计：格林图书　　　　责任印制：邱　莉　王光兴

出版：長江出版傳媒 | 长江文艺出版社
地址：武汉市雄楚大街 268 号　　　邮编：430070
发行：长江文艺出版社
电话：027—87679360
http://www.cjlap.com
印刷：湖北新华印务有限公司

开本：880 毫米×1230 毫米　1/32　　印张：5.25　　插页：4 页
版次：2018 年 5 月第 1 版　　　2018 年 5 月第 1 次印刷
字数：86 千字

定价：26.00 元

导　读

王尔德创作的两部童话集，即1888年的《快乐王子及其他故事》（Happy Prince and Other Fairy Tales）和1891年的《石榴之家》（The House of Pomegranates）是他真正走向文学创作的标志。童话集相继出版后即获好评，当时甚至有评论家认为“在英文中找不出能够跟它们相比的童话。写得非常巧妙。故事依着一种稀有的丰富的想象发展，它们读起来叫小孩和成人都感兴趣，而同时它们中间贯穿着一种微妙的哲学，一种对社会的控诉，一种对无产者的呼吁，这使得《快乐王子及其他故事》《石榴之家》成了控诉社会制度的两张真正的公诉状。”① 王尔德创作的童话本意亦非要控诉当时的社会制度，但其字里行间反映社会矛盾的意图却清晰可见，评论界甚至作家本人丝毫不否认童话故事中的道德内涵。

---

① 王尔德：《快乐王子》，R. H. 谢拉尔德编，巴金译后记，成都：四川人民出版社，1981年，第174页。

王尔德自称最优雅的《夜莺与玫瑰》显然深受安徒生童话《夜莺》的影响。安徒生的《夜莺》中，夜莺的歌唱治愈了国王的疾病，而王尔德的这篇童话揭示的是青年学生及其恋人之间浅薄的爱情，由此越来越接近社会的理想现实。

夜莺是最具浪漫精神的艺术家。为了帮助年轻的学生获得姑娘的芳心，夜莺在冰雪覆盖的寒冬用自己的鲜血和临终的绝唱换来了姑娘最热爱的红玫瑰。可悲的是，当年轻人拿着红玫瑰迅速来到恋人身旁，姑娘却告诉他红玫瑰与她的衣服不相配。御前大臣侄子的珠宝才是她的唯一追求。青年学生相比金钱更显得微不足道。

夜莺歌唱的爱情本“是一件了不起的东西。它比绿宝石更宝贵，比猫眼石更值价”。年轻人渴望美丽的爱情，夜莺愿意帮助年轻人获得他的爱情，尽管她知道用死换取一朵红玫瑰代价太大。夜莺歌唱比生命还要珍贵的爱情，甚至愿意为年轻人付出生命的代价。可是，年轻人并未赞赏夜莺的善良，甚至怀疑她的真诚。年轻人终究未能理解夜莺为他所付出的一切，却没有减弱夜莺对爱情的歌唱以及为爱情所做的所有努力甚至牺牲。夜莺“把胸脯抵住刺整整唱了一夜，清澈的冷月也俯下头来静静听着，她整整唱了一夜，玫瑰刺也就刺进她的胸膛，越刺越深，她的鲜血也越来越少了”。[①] 伴随着夜莺的歌唱，奇异的玫瑰也慢慢变成了深红色。夜莺完成了生命的绝唱，夜莺之死就是纯真爱情的象征。

夜莺乐于奉献、甘愿献身的美好精神得到了充分的展示。王尔德在写给友人托马斯·哈钦森的信中，就表达了这一观点："如果有真诚的情人，夜莺应算一个，至少她是浪漫的，书中的学生和女孩同我们大多数人一样，都缺乏浪漫。至少我是这样看，但我总愿使故事寓意深邃。"[②] 夜莺歌颂的纯洁爱情最终变成了只追求物质享受、唯利是图的游戏，爱情理想在现实中注定将以悲剧结束。

王尔德在追求艺术理想的过程中，有过犹豫与彷徨，却始终坚定自己的信念，正如夜莺用自己的生命去换取一时的欢愉而不计后果一样。然而，获得红玫瑰的年轻学生，注定不会获得他渴望的爱情。夜莺歌唱的爱情虽然失败了，但夜莺的崇高精神仍然是人们所推崇的。王尔德以唯美的艺术理想塑造的夜莺因其对真善美的追求而具有丰富的道德含义。

与《快乐王子》中快乐王子与燕子因其牺牲精神而获得升入天堂的奖赏相比，《夜莺与玫瑰》中表现出的悲观情绪难

---

① The Complete Short Fiction of Oscar Wilde, p. 107.

② The Letters of Oscar Wilde , ed, Rupert Hart-Davis, London: R. A. D Ltd, 1962, p. 218.

免让人震惊。夜莺的死亡成为可有可无毫无意义的自戕。然而，夜莺的自我牺牲仍留给读者丰富的思考空间。

王尔德非常清楚夜莺的故事要比表面看上去的复杂得多。童话出版不久，他的一位朋友就写信给他说故事中的学生是象征伟大爱情的突出代表，王尔德回信委婉反驳了这一观点并予以纠正。“恐怕我的想法与您这样的年轻学生不尽相同。在我看来，他是一个肤浅的年轻人，与他爱上的那个女孩相差无几”。就艺术创作的本意而言，王尔德显然不是要讽刺夜莺的行为。他只是在提醒人们故事中包含不同的秘密，这些秘密须依赖于不同的文化传统对故事中的形象予以揭示。文明社会总与理性及逻辑形影相随，青年学生是逻辑的虔诚使者，因而崇尚理性与秩序应是其天性的追求。青年学生最终放弃爱情，因为在他看来，爱情的用处比不上逻辑的一半，什么都不能证明。啼血而生的玫瑰花被车轮无情地辗压，代表理性与逻辑的文明社会取得了胜利。王尔德良好的希腊文学功底使他得以熟练地运用希腊神话传说中的故事，就像夜莺原型 Philomela 在基督教文学的早期发展阶段就曾扮演过重要角色。希腊神话故事的嬗变恰好可以说明《夜莺与玫瑰》中的磨难与罪罚，王尔德正是把夜莺与为拯救人类美好理想而甘愿牺牲自己的基督联系在了一起，对人类的拯救仍是关乎道德的拯救。

王尔德的《夜莺与玫瑰》创作显然受到了爱尔兰文学传

统的影响，特别是受到了 Aubrey de Vere 于 1861 年创作的歌谣《一朵黑玫瑰》（The Little Black Rose）的影响，黑玫瑰变成红玫瑰需要鲜血的浸染。受母亲的影响，王尔德能亲身感受爱尔兰的文学传统，甚至有机会见到日后对他的创作有较大影响的诸多爱尔兰作家，包括《一朵黑玫瑰》的作者 Aubrey de Vere。《夜莺与玫瑰》重要的寓意就在于无情的冬天里，光秃秃的玫瑰树变成了富于生命荣耀的奇迹，这一奇迹正是夜莺的自我牺牲精神的最好诠释。

《夜莺与玫瑰》呈现的自然风景也是王尔德深刻哲学思考的具体表现，其中的生与死的斗争又折射出爱尔兰民族曲折的斗争历史。正是自《夜莺与玫瑰》开始，王尔德的童话创作进入了一个更为关注自然、回归现实的阶段。

刘茂生，文学博士、博士后，江西师范大学英语语言文学首席教授、博士生导师。

目录

Contents

Part One

夜莺与玫瑰

『爱』果然是非常奇妙的东西，比翡翠还珍重，比玛瑙更宝贵。珍珠、宝石买不到它，黄金买不到它，因为它不是在市场上出售的，也不是商人贩卖的东西。

“她说只要我为她采得一朵红玫瑰，便与我跳舞，”青年学生哭着说，“但我的花园里何曾有一朵红玫瑰？”

橡树上的夜莺在巢中听见了，从叶丛里往外望，心中诧异。

“我的园子中并没有红玫瑰，”青年学生的秀眼里满含泪珠，“唉，难道幸福就寄托在这些小东西上面吗？古圣贤书我已读完，哲学的玄奥我已领悟，然而就因为缺少一朵红玫瑰，生活就如此让我难堪吗？”

“这才是真正的有情人，”夜莺叹道，“以前我虽然不曾与他交流，但我却夜夜为他歌唱，夜夜将他的一切故事告诉星辰。如今我见着他了，他的头发黑如风信子花，嘴唇犹如他想要的玫瑰一样艳红，但是感情的折磨使他的脸色苍白如象牙，忧伤的痕迹也已悄悄爬上他的眉梢。”

青年学生又低声自语：“王子在明天的晚宴上会跳舞，我的爱人也会去那里。我若为她采得红玫瑰，她就会和我一直跳舞到天明。我若为她采得红玫瑰，将有机会把她抱在怀里。她的头，在我肩上枕着；她的手，在我掌心中握着。但花园里没有红玫瑰，我只能寂寞地望着她，看着她从我身旁擦肩而过，她不理睬我，我的心将要粉碎了。”

“这的确是一个真正的有情人，”夜莺又说，“我所歌唱的，正是他的痛苦；我所快乐的，正是他的悲伤。‘爱’果然是非常奇妙的东西，比翡翠还珍重，比玛瑙更宝贵。珍珠、宝石买不到它，黄金买不到它，因为它不是在市场上出售的，也不是商人贩卖的东西。”

青年学生说：“乐师将在舞会上弹弄丝竹，我那爱人也将随着弦琴的音乐声翩翩起舞，神采飞扬，风华绝代，莲步都不曾着地似的。穿着华服的少年公子都艳羡地围着她，但她不跟我跳舞，因为我没有为她采得红玫瑰。”他扑倒在草丛，双手掩着脸哭泣。

“他为什么哭泣呀？”绿色的小壁虎，竖起尾巴从他身前跑过。

蝴蝶正追着阳光飞舞，也问道：“是呀，他为什么哭泣？”

金盏花也向她的邻居低声探问：“是呀，他到底为什么哭泣？”

夜莺说：“他在为一朵红玫瑰哭泣。”

“为一朵红玫瑰吗？真是笑话！”他们叫了起来，那小壁虎本就刻薄，更是大声冷笑。

然而夜莺了解那青年学生烦恼的秘密，她静坐在橡树枝上，细想着“爱情”的玄妙。忽然，她张开棕色的双翼，穿过那如同影子一般的树林，如同影子一般地飞出花园。

青青的草地中站着一棵艳美的玫瑰树，夜莺看见了，向前

乐师将在舞会上弹弄丝竹，我那爱人也将随着弦琴的音乐声翩翩起舞，神采飞扬，风华绝代，莲步都不曾着地似的。

飞去，歇在一根小小的枝条上。

她对玫瑰树说：“能给我一朵鲜红的玫瑰吗？我为你唱我最婉转的歌。”

那玫瑰树摇摇头。

“我的玫瑰是白色的，”那玫瑰树回答她，“白如海涛的泡沫，白如山巅上的积雪，请你到日晷旁找我兄弟，或许他能答应你的要求。”

夜莺飞到日晷旁边那棵玫瑰树上。

她又叫道：“能给我一朵鲜红的玫瑰吗？我为你唱我最醉人的歌。”

那玫瑰树摇摇头。

“我的玫瑰是黄色的，”他回答她，“黄如琥珀座上美人鱼的头发，黄如盛开在草地上未被割除的水仙，请你到那个青年学生的窗下找我兄弟，或许他能答应你的要求。”

夜莺飞到青年学生窗下那棵玫瑰树上。

她仍旧叫道：“能给我一朵鲜红的玫瑰吗？我为你唱我最甜美的歌。”

那玫瑰树摇摇头。

他回答她说：“我的玫瑰是红色的，红如白鸽的脚趾，红如海底岩下蠕动的珊瑚。只是严冬已冰冻我的血脉，寒霜已啮伤我的萌芽，暴风已打断我的枝干，今年我不能再次盛开了。”

夜莺央告说：“一朵红玫瑰就够了，我只要一朵红玫瑰呀，难道没有其他法子了？”

那玫瑰树答道：“有一个法子，只有一个，但是太可怕了，我不敢告诉你。”

“告诉我吧，”夜莺勇敢地说，“我不怕！”

“方法很简单，”那玫瑰树说，“你需要的红玫瑰，只有在月色里用歌声才能使她诞生；只有用你的鲜血对她进行浸染，才能让她变红。你要在你的胸口插一根尖刺，为我歌唱，整夜地为我歌唱，那刺插入你的心窝，你生命的血液将流进我的心房。”

夜莺叹道：“用死来买一朵红玫瑰，代价真不小，谁的生命不是宝贵的？坐在青郁的森林里，看那驾着金马车的太阳，月亮在幽深的天空驰骋，是多么地快乐呀！山楂花的味儿真香，山谷里的桔梗和山坡上的野草真美，然而‘爱’比生命更可贵，一只小鸟的心又怎能和人的心相比呢？”

忽然她张开棕色的双翼，穿过那如同影子一般的花园，从树林子里激射而出，冲天飞去。

那青年学生仍旧僵卧在方才她离去的草地上，一双美丽的秀眼里，泪珠还没有干。

“高兴吧，快乐吧，”夜莺喊道，“你将要采到那朵红玫瑰了。我将在月光中用歌声来使她诞生，我向你索取的报酬，仅是要你做一个忠实的情人。因为哲理虽智，爱却比她更慧；权力虽雄，爱却比她更伟。焰光的色彩是爱的双翅，烈火的颜色是爱的躯干，她的唇甜如蜜，她的气息香如乳。”

青年学生在草丛里抬头侧耳静听，但是他不懂夜莺所说的话，只知道书上所写的东西。

那橡树却是明白了，悲伤蔓延在他的心头，他非常怜爱在树枝上结巢的小夜莺。他轻声说：“唱一首最后的歌给我听吧，你离去后，我将会感到无限的寂寞。”

于是夜莺为橡树歌唱，婉转的音调就像银瓶里涌溢的水浪一般清越。

夜莺唱罢，那青年学生站起身来，从衣袋里掏出一本日记簿和一支笔，一边往树林外走，一边自语道：“那夜莺的样子生得确实很漂亮，这是不可否认的，但是她有感情吗？我怕是没有！她其实就像许多美术家一般，尽是表面的形式，没有诚心的内涵，肯定不会为别人而牺牲。她所想的无非是音乐，可是谁不知道艺术是自私的。虽然，我们总须承认她有醉人的歌喉，可惜那种歌声是毫无意义的，一点也不实用。”

他回到自己房间，躺在小草垫上，继续想念他的爱人，过了片刻就熟睡过去。

待月亮升上天空，月光洒向宁静的大地，夜莺就飞到那棵玫瑰树上，将胸口压向尖刺。疼痛顿时传遍她的身躯，鲜红的血液从体内流了出来。她张开双唇，开始整夜地歌唱起来，那夜空中晶莹的月亮，也倚在云边静静地聆听。

她整夜地，啭着歌喉，那刺越插越深，生命的血液渐渐溢去。

她最先歌唱的，是少男少女心里纯真的爱情，唱着唱着，玫瑰枝上开始生长一苞卓绝的玫瑰蕾，歌儿一首接着一首地唱，花瓣一片跟着一片地开。起先那花瓣是黯淡的，如同河上笼罩的薄雾，如同晨曦交际的天色，那枝上的玫瑰蕾，就像映在银镜上的玫瑰花影子，映照在池塘里的玫瑰倒影。

但是那玫瑰树还在催迫着夜莺往自己的身子里紧插那根刺。

“靠紧一些，小夜莺呀，”那树连声叫唤，“不然，玫瑰还没盛开，黎明就要来临了！”

夜莺赶紧把尖刺插得更深，悠扬的歌声更加响亮。她这回所歌颂的是成年男女心中热烈如火的爱情，唱着唱着，玫瑰瓣上生长出一层娇嫩的红晕，如同初吻新娘时新郎的绛颊。只是那刺还未插到夜莺的心房，玫瑰花的花心尚留着白色，只有夜莺的心血才可以把玫瑰的花心彻底染红。

那树又催迫着夜莺往自己的胸口紧插那根刺。

“靠紧一些，小夜莺呀，”那树连声叫唤，“不然，玫瑰还没盛开，黎明就要来临了！”

因为哲理虽智，爱却比她更慧；权力虽雄，爱却比她更伟。焰光的色彩是爱的双翅，烈火的颜色是爱的躯干，她的唇甜如蜜，她的气息香如乳。

夜莺赶紧把刺又插深一些，深入骨髓的疼痛传遍她的全身，玫瑰花刺终于刺入她的心房。那挚爱和冢中不朽的爱情呀，卓绝的白色花心如同东方的天色，终于变作鲜红，花的外瓣红如烈火，花的内心赤如绛玉。

夜莺的声音越唱越模糊，她拍动着小小的双翅，眼睛蒙上一层灰色的薄膜。她的歌声越来越模糊，觉得喉咙里有什么东西哽咽住似的。

但她还是唱出最后的歌声，白色的残月听见后，似乎忘记了黎明，在天空踌躇着。那玫瑰花凝神战栗着，在清冷的晓风里瓣瓣开放。回音将歌声领入山坡上的暗紫色洞穴，将牧童从梦里惊醒过来。歌声流入河边的芦苇丛中，苇叶将信息传与大海。

那玫瑰树叫道："看呀，看呀，这朵红玫瑰生成了！"

然而夜莺再也不能回答，她已躺在乱草丛中死去，那尖刺还插在她的心头。

中午时分，青年学生打开窗户，忽然，他惊呆了。

"怪事，今天真是难得的幸运，这儿居然有朵红玫瑰！"他叫着，"如此美丽的红玫瑰，我从来没有见过，她一定有个很繁长的拉丁名字。"他俯身下去，把红玫瑰采摘下来，然后戴上帽子，手里拈着玫瑰花，往教授家跑去。

教授的女儿正坐在门前卷着一轴蓝色绸子，一只温顺的小狗伏在她脚边。

青年学生叫道："你说过，我若为你采得红玫瑰，你便同我跳舞。这里有一朵全世界最珍贵的红玫瑰，你可以将她插在你的胸前，我们同舞的时候，这花便会告诉你，我是怎样地爱你。"

但那女郎却皱着眉头。

她说："我怕这花儿配不上我的衣服吧，而且大臣的侄子送我许多珠宝首饰，人人都知道珠宝比花草要贵重得多。"

青年学生傻了，这就是爱情的真相吗？失望顿时占据他的整个心神。

"你简直是个无情无义的人。"他怒道，将红玫瑰掷在街心，一个车轮从红玫瑰上面辗过。

"无情无义？"女郎说，"我告诉你吧，你实在无礼，况且你到底是谁啊？不过一个学生文人，我看像大臣侄子鞋上的那种银纽扣，你都没有。"说完她就站起身走进屋子。

青年学生懊恼地走着，自语道："爱情是多么无聊啊，远不如伦理学实用。它所告诉人们的，全是空中楼阁与缥缈虚无的幻想。在现实的世界里，首要的是实用，我还是回到我的哲学和玄学书上去吧！"

他回到房中，取出一本笨重的、布满尘土的大书埋头细读起来。

然而夜莺再也不能回答，她已躺在乱草丛中死去，那尖刺还插在她的心头。

Part Two

幸福王子

以前我还活着的时候，有着一颗人类的心，那时我根本不知道什么是眼泪。我住在无忧宫里，无忧宫里从来没有忧愁、哀伤与烦恼。白天我与同伴在花园里玩乐，晚间我们便在大厅里跳舞。花园四周是高高的围墙，我从没有好奇过外面的世界。我身边的一切就是美丽的化身，我的臣子叫我幸福王子。

城中屹立着一根圆形高柱，幸福王子的雕像站立在上面。他全身贴满金叶，宝玉镶成的眼睛纯洁晶莹，腰刀悬挂在身上，刀柄镶着一粒闪闪发亮的大红玉。

如此姿态让所有人倾慕，一位市参议员赞道："他真是玉树临风，英俊不凡。"这样说，无非是为了表现自己有艺术鉴赏力，只是说完他又连忙补上一句："可惜除了好看外，没什么具体用处。"又怕别人骂他是一个爱慕虚荣的人。

一位聪明的母亲，对那哭着要月亮的娃娃说："你为什么不像幸福王子那样呢？他做梦都不会哭着向人要东西。"

一位失意的人呆看着雕像喃喃地说："世间原来有如此快乐幸福的人呀！"

孤儿院的孩子们穿着华丽的小红袄，披着洁净的白色围巾从教堂里走出来，其中一个说："他看起来就像安琪儿。"

老师说："你不曾见过安琪儿，怎么知道他像安琪儿？"

学生答："我当然见过，不过是在梦里。"

"梦可不能随便做。"老师紧皱双眉，神情肃然。

一天夜里，一只小燕子从城外飞来。他的伙伴六个星期前已去埃及，但由于他爱上美丽的芦苇，耽误了行程，所以落在了最后面。

小燕子与芦苇初遇是在早春时节，那时他正追着一只黄蛾。当他从河边飞过的时候，被芦苇那纤弱的细腰，点燃了内心爱情的火焰，他忍不住停下来与她攀谈。

“我可以爱你吗？”小燕子激动得想立刻飞到芦苇的身边。

芦苇红着脸，深深地弯了一下腰，点点头。

从此小燕子便绕着她飞来飞去，向她表示浓烈的爱意。他的翅膀拍打着水面，水中泛起一圈圈银色的涟漪，一个夏天都不曾停止。

“这样的恋爱真可笑，她又没有钱，亲戚还如此众多。”别的燕子嘲笑他。的确，那条河里生满成片的芦苇，密密麻麻。不过小燕子却不理这些闲言碎语，依旧天天待在芦苇的身边。

到了秋天，其他燕子都飞往埃及准备过冬去了。他们飞走后，只剩下小燕子孤独一人，久了之后，他也开始对意中人产生厌倦。

“她又不会跟我说话，而且整天跟风在一起嬉戏，或许是个风流女子。”每当微风拂过，芦苇便行着最动人的屈膝礼，与风儿交融在一起，是如此温情，让人嫉妒。他又继续说：“也或许她是个很顾家的女人，而我则喜欢旅行，我的妻子应追随我的脚步，与我一起浪迹天涯。”

“你能同我走吗？”小燕子最后问她。

芦苇摇摇头，拒绝了小燕子。她对自己的家有着深深的眷恋，绝不会离家出走。

“原来你一直在玩弄我呀，”小燕子大叫起来，“我到金字塔那边去了，再会！”他飞走了。飞了一整天，傍晚时分，小燕子来到一座城市里。

“我到哪儿去投宿呢？城里要是有给我预备妥当的地方该多好呀！”他迷茫起来，随后看见高柱上的雕像。

“就住在这儿吧，这地方空气新鲜，我很喜欢。”他心想，于是便在幸福王子的脚边栖息下来。

“我有一间金子筑成的卧室了。”小燕子向四周望去，轻轻地自言自语，准备睡觉，只是他刚把头藏在柔软的翅膀下，就有一滴“水”落在他身上。

“咦？”他叫了起来，“天上又没有乌云，星星也眨着眼睛，怎么会下雨呢？欧洲的天气真是古怪，我记得芦苇也特别喜欢雨滴，但我想那只是她的自私罢了。”

这时又有一滴“水”落在他身上。

他郁闷地说：“若不能遮雨，这雕像还有什么用呢？我还是去找一个烟囱吧！”他决心飞走了。

只是还没展开翅膀，又落下第三滴“水”来。他抬头望去——呀，吓了一跳！只见雕像的眼睛里噙满泪水，一滴滴晶莹剔透的泪珠，顺着金色的面颊滑落而下。月光照耀在雕像的脸上，是多么地美丽呀！小燕子心里泛起波澜，一股莫名的同情之心油然而生。

“你是谁呀?”小燕子问。

“我是幸福王子。”雕像回答道。

“你为什么哭呀?你把我身子都打湿了。”小燕子说。

幸福王子道:“以前我还活着的时候,有着一颗人类的心,那时我根本不知道什么是眼泪。我住在无忧宫里,无忧宫里从来没有忧愁、哀伤与烦恼。白天我与同伴在花园里玩乐,晚间我们便在大厅里跳舞。花园四周是高高的围墙,我从没有好奇过外面的世界。我身边的一切就是美丽的化身,我的臣子叫我幸福王子。如果快乐就是幸福,那么我的确是幸福的。我就这样快乐地生活直到死亡。如今我死了,他们把我竖立在这高高的圆柱上,让我看见城里的一切丑恶与肮脏,虽然我的心是铅做的,但我还是忍不住流下泪来。”

“怎么,他不是纯金的?”小燕子暗自心想。他很有礼貌,没有去询问对方的秘密。

幸福王子又用音乐般委婉的声音说:“很远很远的那条小街上,有一户穷人,他们家的窗子被冷风吹开了,我看见一位沧桑的妇人,坐在破旧的木桌边,面黄肌瘦。她是缝衣服的裁缝,一双生满老茧的手全被针刺破,正在为一件华丽的衣服绣着娇艳的花朵。那件衣服是为女王身边最美的女官缝制的,她要在皇家的舞会上大放异彩。妇人的小孩生病了,睡在屋角的

无忧宫里从来没有忧愁、哀伤与烦恼。白天我与同伴在花园里玩乐，晚间我们便在大厅里跳舞。

那张小床上，全身发热，想吃甘甜可口的橘子。但他母亲除了给他喝不干净的河水，穷得什么也没有，那孩子正在大声地哭泣。燕子，燕子，小燕子！我的脚钉死在这圆柱之上，一步也不能挪动，你可以把我刀柄上的那颗红玉拿去给她吗？”

小燕子说：“我的朋友都在美丽的尼罗河上，与大朵的莲花聊着知心话儿，不久还要去国王的坟墓里投宿。那国王静静地沉睡在彩色的棺材里，身上裹着黄布，遍身涂着香料，颈上挂着淡绿色的玉珠，干涸的双手犹如两片枯黄的树叶。他们都在埃及等我，我必须和他们去会合。”

“燕子，燕子，小燕子！”幸福王子说，“你不能在这儿住一晚，替我当回使者吗？那孩子如此饥渴，他母亲多么难过啊！”

“我不喜欢小孩子，”小燕子道，“去年夏天我在河边歇息，磨坊老板两个撒野的小孩，经常丢石子打我。我飞得极快，然后逃走了。我祖上的人都非常善于飞翔，但用石子打我总是 种无礼的行为呀！”

幸福王子的神情露出悲伤，小燕子也很难过，他转而心软：“这里虽然很冷，但我还是同你住一晚，当一回你的使者吧！”

王子说：“谢谢你，小燕子！”

小燕子把王子刀柄上的那颗大红玉取下来，用嘴衔着从屋顶上飞去。他经过教堂尖塔，只见白色大理石雕刻而成的天使亭亭玉立。他又飞过王宫，跳舞的乐声弥漫而来。

一个美丽少女挽着她的情郎来到露台上，男子对少女说："夜空的星星多可爱呀，爱情的诱惑实在让人难以抗拒！"

少女答道："我希望在舞会时衣服就已经做好，我已经叫人绣上艳丽的花朵，但是那些裁缝都是懒虫，不见得能按时完工。"

他又从河上飞过，见到船桅的尖端挂着很多灯笼。穿过犹太街，见到一些老犹太人在那儿做买卖，用铜制的天平称着银两。最后到了穷人家里，他朝里面望去，那孩子在床头翻来覆去，可怜地呻吟着。母亲由于过度疲倦，早已昏昏睡去。他从窗口跳进屋内，把大红玉放在桌上，那妇人的顶针旁边，又绕着床头飞舞，用翅膀扇着孩子发烧的额头。

"好凉快呀，我一定快好起来了！"那孩子恍惚地说，沉入甜蜜的梦乡。

小燕子飞回幸福王子那儿，告诉他自己当使者的经过。"真奇怪，虽然天气很冷，可我这时候却觉得特别温暖。"他如此感慨道。

"当然，"幸福王子说，"这是因为你做了一件好事。"

小燕子开始思索起来，随即睡着了。

天亮后，他飞到河里洗澡，一位动物学教授从桥上路过，

那件衣服是为女王身边最美的女官缝制的，她要在皇家的舞会上大放异彩。

看见他后相当惊奇："真是怪事啊，冬天竟然还有燕子！"他把这事写成一封长信，寄给了本地报社。

"今晚我要到埃及去了。"小燕子心想，他非常渴望完成自己的梦想。于是他游览了许多公共纪念碑，还在教堂尖塔上坐了许久，准备晚上告别幸福王子。无论他到什么地方，都有一只麻雀儿唧唧地叫着："多么出众的客人呀！"小燕子玩得非常愉快。

月儿悄悄爬上天空，他飞回幸福王子身边说："你在埃及有什么事需要我代办的吗？我就要起程了。"

"燕子，燕子，小燕子！"幸福王子说，"你不能再同我住一晚吗？"

小燕子回答："埃及有人等着我呢，明天我的朋友就要飞往第二瀑布，那里非常美丽。肥壮的河马睡在芦苇丛中。威武的斗芒神坐在花岗石宝座上，整夜守望星辰，每当晨星出来，就会愉快地欢声鸣叫，然后再也不作声。正午时分，黄色的狮子也会跑到河边饮水，他们的眼睛犹如绿玉，吼声像瀑布一般响亮。"

"燕子，燕子，小燕子！"幸福王子说，"城市的那头有一个年轻人，他靠在一张铺满稿纸的桌上，桌上放着花瓶，花瓶里插着一束枯萎的紫罗兰。他的头发泛黄像波纹，生着一双梦幻似的大眼睛，嘴唇犹如石榴一样红。他正准备为戏院导演完成一部戏剧，但是天气太冷了，火炉里没有火，人又饿得憔悴不堪，他什么也写不了。”

确实生就一副好心肠的燕子说：“那我再同你住一晚吧，要我也送他一块红玉去吗？”

“唉，可惜我没有红玉了！”幸福王子说，“我只剩下一双青玉制成的眼睛，那是一千年前从印度那儿采来的，你挖一颗送给他吧。他可以卖给珠宝商换来食物与木炭，完成他的剧本。”

“亲爱的王子，这事我不能做。”小燕子说道，之后他就哭了起来。

“燕子，燕子，小燕子，”幸福王子说，“你就照我说的做吧！”

因此小燕子挖出幸福王子的一颗眼珠，往青年的住所处飞去。那房子的屋顶有一个破洞，他从这儿钻进屋里。

年轻人趴在桌子上，没有听见小鸟进来的声音，当他抬起头时，漂亮的青玉已经放在枯萎的紫罗兰花束上。他惊叫起来：“才华终究不会被埋没，金子总有闪亮的一天，这必定是哪个赏识我的人送来的，现在终于可以完成我的戏剧了。”他脸上露出兴奋的色彩。

第二天，小燕子飞到码头边，立在一艘大船的桅杆上，只见船夫用绳子把柜子拖出船舱，每拖出一个，他们就同呼：

“哎哟！哎哟！”

“我真的要到埃及去了。”小燕子这样想着，但没有谁关心他，当月亮再次爬上树梢，他飞回幸福王子那儿。

“我来同你道别了。”小燕子道。

“燕子，燕子，小燕子！”幸福王子说，“你不能再同我住一晚吗？”

“冬天已经来临，这儿马上就要下雪了，”小燕子答道，“不过埃及却依旧温暖如春，太阳照在绿油油的棕榈树上，鳄鱼睡在淤泥里打滚。我的同伴正在太阳神庙里筑巢，淡红、雪白的鸽子望着他们，互相咕咕咕地叫着。亲爱的王子，我一定要离开你了，我永远不会忘记你，明年的春天我会给你带两颗漂亮的美玉，补偿你送给别人的损失，那玉比玫瑰还要红，比大海还要青。”

幸福王子说：“下面那条街上站着一位卖火柴的小姑娘，她不小心把火柴丢到水里打湿了。如果没有钱拿回家，她父亲就会狠狠地用鞭子抽她。她没有鞋袜穿，小小的脑袋上连一顶遮风挡雨的帽子也没有。你把我那只眼睛也挖去给她，这样她父亲就不会再抽她了。”

小燕子说：“我可以再同你住一晚，但我不能再挖你的眼睛，否则你不是完全瞎了吗？”

“燕子，燕子，小燕子！”幸福王子说，“你就照我的吩咐去做吧!”

于是小燕子流着眼泪挖掉幸福王子的另一只眼睛，飞了出去。他从卖火柴的小姑娘身边掠过，轻轻地把宝玉放在她手心，那小姑娘叫着：“多美的一块玻璃呀!”一路笑着往家里跑去。

小燕子飞回幸福王子身边，说：“你现在完全瞎了，我要永远同你住在一起。”

可怜的幸福王子说：“不，小燕子呀，你还是得赶紧去埃及。”

“我要永远同你住在一起。”小燕子说着，就在王子脚下睡着了。

第二天，他整日站在幸福王子的肩上，给他讲述异乡的所见所闻：譬如那赤色的仙鹤，成群结队地站在尼罗河畔，用细长的嘴捕捉金鱼；譬如那狮首人身的怪物，住在沙漠里，既知万事，寿命亦悠久如同天地；譬如那经营买卖的人，慢慢地跟在骆驼身边，手里拿着琥珀珠；譬如那月山之王，黑如沉檀，崇拜大水晶；譬如那睡在棕榈树干里的大绿蛇，二十个和尚喂它蜜糕；还有那小人国的矮人，能在大湖中漂游，坐在平坦的大树叶上，同蝴蝶发生争斗。

“亲爱的小燕子呀，”幸福王子说，“这都是奇闻逸事，人世间的苦难才最是让人惊心动魄，没有什么比贫穷更不可思议的了。你去城里转一圈，再告诉我发现些什么吧！”

于是小燕子飞去城市上空，看见富人在华丽的房屋中吃喝玩乐，而乞丐却坐在门外忍受饥寒。他飞进黑巷里，看见孩子们苍白如纸的面颊，因为饥饿而模糊扭曲。还有肮脏的桥洞下面，两个孩子睡在那儿，颤抖着抱成一团，想要温暖彼此。

“好饿呀！”他们嘶哑着说。

这时城市的管理者来了，对他们吼道：“你们不能睡这儿！”于是他们又彷徨在寒冷的街道中。

小燕子回去，把看见的一切对幸福王子说了。

幸福王子道：“我身上贴满着金叶，你一张张撕下来，把它们拿去送给穷人吧，世上的人都以为钱最能使他们幸福。”

小燕子把金叶一张张撕下来，最后幸福王子变成一个灰暗难看的人。小燕子把金叶一张张送给穷人，孩子们的脸变得更加红润，笑着闹着在街上玩耍。他们叫着：“我们现在有面包了！”

冷风呼啸，雪花漫天，寒冷的冬天终于到来了。天地间白雪皑皑，银装素裹，地上结着厚厚的冰，街道犹如蜡烛做成的一样。长长的冰条就像水晶刀，挂在屋檐上。人们穿着厚厚的皮衣，孩子们戴着大红帽在冰上滑行。

可怜的小燕子不能离开幸福王子，他爱对方胜过自己的生命。由于没有了食物，他只能趁烘面包的人不留心，在门外衔一些面包屑充饥，然后不住地拍打翅膀取暖。后来他知道自己马上就要死亡了，仅仅剩下飞到幸福王子肩上一次的气力。

“再会了，亲爱的王子!”他低声地对幸福王子说，“你能让我吻吻你的手吗?”

“你终于要去埃及了吗?我真高兴，你在这儿住得太久了。”幸福王子道，“你吻我的嘴唇吧，因为我爱你呀!”

小燕子说：“我不是去埃及，而是奔向‘死亡’，死是睡的兄弟，不是吗?”小燕子吻了幸福王子的嘴唇，随即倒在他的脚下停止了呼吸。

这时候雕像里面发出怪怪的声响，似乎有什么东西碎裂似的，原来是幸福王子那颗铅做的心碎裂成了两半，这真是一场可怕的寒冻啊!

第二天早晨，市参议员陪同市长在街上散步，他们抬头望向雕像，“哎呀，幸福王子怎么变成了这样子，多狼狈啊!”市长说。

“的确狼狈!”市参议员也这样叫着，他素来喜欢拍市长马屁。说完他们又靠近了些。

市长说：“刀柄上的红玉丢了，眼睛也被人挖走了，身上的金叶子也不见踪影了，如今他真是比乞丐还不如啊!”

“的确比乞丐还不如。”市参议员同样附和。

市长接着说：“瞧，他脚边还有一只死燕子呢！我们得发

富人在华丽的房屋中吃喝玩乐，而乞丐却坐在门外忍受饥寒。

小燕子吻了幸福王子的嘴唇，随即倒在他的脚下停止了呼吸。

出公告，以后不允许鸟儿死在这里。”市参议员连忙用笔记录下来，随后他们把幸福王子的雕像推倒。

大学里的艺术教授说：“他已经没有了美丽的容颜，再也没有任何用处了。”

他们把雕像熔进炉里，市长又召开会议，讨论如何处置这些废弃的金属。他说：“我们应该再建立一座铜像，而且这铜像应该是我的样子。”

“应该是我的！”其他市参议员说，为此他们争执起来。

“真是怪事啊，”铸造厂的监工说，“这破碎的铅心竟不能熔化，我们把它丢了吧！”他们便把那颗铅心丢在不远的垃圾堆里，正好死去的小燕子也躺在那儿。

上帝对一个天使说：“把城里最宝贵的两样东西给我拿来！”

天使便把铅心和死去的小燕子送到上帝面前。

“你们选得很对，”上帝说，“从此以后这只小燕子可以永远在我的乐园里唱歌，幸福王子可以永远在我的黄金城里赞美我。”

巨人的花园

Part Three

怡人的大花园里，遍地生长着绿草。绿草地上，到处生长着美丽的花朵，犹如天上的星儿一样璀璨。十二棵英姿飒爽的桃树，春天开着红白的小花，秋天结满丰盛的果子。鸟儿站在桃树枝上，唱着甜蜜而动听的歌。孩子们沉醉在歌声里，玩着玩着便歇下来，侧耳静听。他们互相叫着：『我们在这儿多快乐呀！』

每天下午放学，孩子们会跑到巨人的花园里玩耍。

怡人的大花园里，遍地生长着绿草。绿草地上，到处生长着美丽的花朵，犹如天上的星儿一样璀璨。十二棵英姿飒爽的桃树，春天开着红白的小花，秋天结满丰盛的果子。鸟儿站在桃树枝上，唱着甜蜜而动听的歌。孩子们沉醉在歌声里，玩着玩着便歇下来，侧耳静听。他们互相叫着："我们在这儿多快乐呀！"

有一天，巨人回来了。

巨人原本是去拜访朋友，一个住在森林里的吃人大怪兽。巨人同他住了七年，说完想要说的话便决定回家，才回到家便看见这些小孩子竟然在自己的花园里玩耍。

他用一种粗暴的声音叫着："你们在这儿干吗？"

孩子们被他骇跑了。

"人人都知道这花园是属于我的，这里除了我，谁也不许来玩！"巨人说。他筑起一道高墙把花园围起来，并且挂出一块告示牌：他是个非常自私的巨人。

那些可怜的孩子从此没有了玩耍的地方，只有转移到大街上，但是大街上灰沙太多，四处都是坚硬的石头，他们不喜欢，依旧热爱以前那个怡人的花园。于是下课之后，他们便经常在花园的高墙外徘徊，谈论着园子里有趣的风景，互相叫嚷着："我们从前在那儿多快乐呀！"

春天到了，山野遍地都开满鲜艳的小花，鸟儿也开始四处飞翔，只有自私的巨人花园里，仍旧一片冬天的萧瑟。鸟儿不到没有孩子的地方玩耍，树木也忘记了开花。

有一次，一株美丽的花儿刚从草丛中把头伸出，看见那块告示牌，很替孩子们不平，也就缩到地下去睡觉了。最得意的只有霜和雪，他们叫着："春天已把这个园子忘记，我们终年都可以居住在这儿了。"雪用她白色的大衣覆盖草地，霜把花园里的树枝一齐镀成银色。他们邀请北风，北风也来和他们一同居住，他裹着兽皮，整天在园子里号叫，把烟囱都刮倒了。他说："这地方很不错，我们把雹请来就更好了。"

因此雹也来了，他每天在房顶上胡闹，弄坏了许多石板，然后又在花园里狂奔。他穿着灰色的衣服，呼吸像冰一般冷飕飕。

"真是不懂，春天怎么还不来呢？"自私的巨人坐在窗口，看着一片雪白、冰冷的花园，自言自语，"我多么希望天气变换一下啊！"

但是春天始终没有来，夏天更是不见踪影，秋天赐给其他花园许多金果，唯独对巨人的花园吝啬不给，她说："巨人太自私了。"因此巨人的花园里永远都是冬天，冰雹终日在树丛中跳舞，冷风严霜，一片凄凉。

他用一种粗暴的声音叫着：“你们在这儿干吗?”孩子们被他骇跑了。

一天早晨，巨人在床上睁开双眼，忽然听见一曲动人的音乐。乐声很优美，他以为是皇家乐队从这儿路过，其实只是一只小红雀在园子外唱歌。

巨人好久没在自己的园子里听见小鸟的叫声，所以这似乎是世间最动人的音乐了。这时候，冰雹也在他头上停止狂舞，北风也不再怒号，敞开的窗户外，吹来一阵馥郁的薰香。

“我相信春天终于来了。”巨人从床上跳起，从窗口往外望去。

他看见一个非常奇特的场景，只见许多小孩竟然从墙角的小洞爬进园子，坐在树枝上。他在每一棵树上，都可以看到一个小孩。小孩回来了，树木非常高兴，立刻全身遍开花朵，手臂在孩子头上摇来摇去。鸟儿也上下飞舞，欢喜而婉转地开始唱歌。花儿也从绿草丛中露出脸颊，在那儿欢笑。这是一幅多么可爱的图画，只有花园最偏僻的角落，仍旧弥漫在冬天的萧瑟里。

就在那花园最偏僻的角落，有 个小孩站在那儿，他人太小，爬不上树，在那儿转来转去，很悲伤地哭着。可怜的树，仍全身覆盖霜雪，北风依旧在头上怒吼。树儿尽量把枝条弯下，说：“爬上来呀，小朋友！”但那孩子太小了，始终攀爬不上去。

巨人默默看着这一切，心忽然软了，说：“我是多么自私啊，现在知道春天为什么不来了。我应该把那小孩抱上树去，再把墙推倒，让花园永远做孩子们的游乐场。”他对于以往的行为充满懊悔。

他走下楼，轻轻推开房门，来到花园里。但是，那些孩子刚看见他，就吓得跑开了，花园立刻又恢复了冬天的景象。只有那最小的孩子没有跑，他没有看见巨人走来，眼里噙满泪水。巨人偷偷来到他的身后，轻轻把他抱起来放到树枝上，那树瞬间鲜花盛开，鸟儿也瞬间飞来开始歌唱。

那小孩伸出双臂，抱着巨人的脖子，甜甜地亲了他一口。其他的孩子看见巨人已经不是坏人，也都跑回来，春天又同他们一起回到了园子里。

“这是你们的花园了，孩子们！”巨人说道，然后拿起一柄大斧砍倒了围墙。中午赶集的人们经过这里，看见巨人同许多孩子正在这最美丽的花园里玩耍。

他们玩了一整天，傍晚时分都到巨人面前来告辞。

“你们那个小伙伴哪里去了，我抱上树的那个孩子？”巨人说，他最爱的就是那个小孩，因为他吻过他。

孩子们回答：“我们不知道，他早走了。”

巨人说：“你们一定要告诉他，叫他明天再来。”但那些孩子说他们不知道他住在哪儿，从前也没有见过他，巨人觉得非常郁闷。

他在每一棵树上，都可以看到一个小孩。

后来每天放学，孩子们都会来同巨人一起玩耍，可巨人最爱的那个小孩却不曾再出现。巨人对这些孩子都很慈和，但他还是牵挂他的第一个朋友，并且时常想起他。“我多么希望再见到他啊!”他说。

许多年以后，巨人老了，再也没有力气玩耍。他每天只能坐在一张大靠椅上，看着小孩子游戏，然后尽情欣赏花园里这幅怡人的景象。他说：“我有许多美丽的花，但是孩子才是这些花中最美丽的。”

现在他不恨冬天了，因为他知道，冬天只是春天在睡觉，花木在休息而已。一个冬天的早晨，他正在穿衣服，不经意地从窗口望了出去，忽然他揉揉眼睛，惊奇地发现，在花园极偏的角落里有一棵桃树，桃树上开满漂亮的白色花朵，树枝全是金色的，挂着银色的果儿，树下竟然站着那个他满心牵挂的小孩。

巨人高兴极了，他跑下楼去，跃过草地来到小孩身边，忽然他气得满脸通红。“谁害你的?”他怒道，原来孩子的手掌与脚掌上，分别有两个清晰的钉子印。

“谁害你的？告诉我，我拿大刀去杀了他!”巨人大叫。

那小孩回答：“不，这是爱的伤痕!”

“你是谁?”巨人问，忽然感到一股异常的力量，使他立刻在那小孩面前跪了下来。

那小孩向巨人笑笑，对他说：“你让我在你的花园里玩过一次，今天我也让你到我的花园里去玩一次吧，那里可是乐园呢！”

那天下午，孩子们依旧跑进花园里来玩耍，但是却看见巨人死在了树下，身上覆盖着白花。

许多年以后，巨人老了，再也没有力气玩耍。他每天只能坐在一张大靠椅上，看小孩子游戏，然后尽情欣赏花园里这幅怡人的景象。

桃树上开满漂亮的白色花朵，树枝全是金色的，挂着银色的果儿，树下竟然站着那个他满心牵挂的小孩。

Part Four

忠实的朋友

人人都会说好话，讨人家的喜欢，但作为真正的朋友，反而说的都是难听的。朋友绝不会顾忌你的感受而天天拍马逢迎，如果他是真正的好朋友，必定这样直言不讳，因为他知道这样做完全是为了你好。

早晨，老水鼠从洞里伸出头来，小小的眼睛，长长的胡须，尾巴犹如一条黑色橡胶。小鸭子正在池子里游泳，看上去就像漂亮的金丝雀，他们的母亲全身披着雪白的羽毛，生着一双红脚丫，正在教他们如何头朝下地倒立在水中。

“如果你们不善于倒立，就无法进入上等社会。”她谆谆告诫，每说一次，然后就身体力行地演示给小鸭子们看。那些小鸭子根本不用心，他们年纪太轻了，还不知道生活在上等社会的益处。

“多顽皮的孩子，他们真该淹死才好。”老水鼠皱眉。

母鸭答道：“不能这样说呀，耐心是一个母亲最基本的美德，初学者都是这样。”

“唉!”老水鼠说，“我是没有成家的人，也永远不想结婚，还不懂做母亲的心理。爱情本是很美好的事物，但友谊更值得让人忠诚，我实在不知道还有什么比忠实的友谊更宝贵的东西。”

“那么请问，你觉得一个忠实的朋友，应该尽什么样的义务才算合格呢?”一只绿色的梅花雀，立在旁边的杨柳枝上，听见这段对话后问道。

“的确，我也想知道呢!”母鸭说着，便游到池边，在水中倒立着，给她的孩子做示范。

“这个问题太无聊了，”老水鼠说，“忠实的朋友就是要对朋友忠实，当然就是这样呀！”

一只小水鸟在银色的波纹上游着，她拍打着翅儿，问道：“那么你又怎么报答他呢？”

老水鼠回答：“我不懂你的话是什么意思。”

梅花雀说：“让我讲个这类的故事给你们听吧！”

老水鼠问：“是关于我的吗？如果这样，我倒要听听，我极喜欢听故事。”

“与你是有关系的。”梅花雀说着，就飞了下来，歇在岸边，开始讲这个忠实朋友的故事。

梅花雀说：“从前，有个诚实的小家伙，名叫汉斯。”

老水鼠问：“他这个人很出众吗？”

“不，”梅花雀说道，“他不出众，只是心肠很好，那圆脸儿怪有趣的。他住在一间草屋里，每天都在花园里工作，整个乡村周围，再也找不到一座如此可爱的花园。五彩缤纷的小花争相斗艳，有紫罗兰花、荠花、黄玫瑰、法国松雪草、紫色番红花、白色紫罗兰，有薄荷、野香草、樱草、鸢尾、水仙、桃色丁香等，这边谢了，那边盛开，不断地有鲜花在园中绽放，一年四季都能闻到沁人心脾的香味。

“汉斯有许多朋友，最要好的忠实朋友，是磨坊的老板。那磨坊老板对汉斯很忠实，每当从花园经过，都会从园子的围

花园里，五彩缤纷的小花争相斗艳，这边谢了，那边盛开，不断地有鲜花在园中绽放，一年四季都能闻到沁人心脾的香味。

墙爬进去，摘一大把鲜花，或是一把甜草；要是遇到结果时期，还会装一袋梅子和樱桃带回家去。磨坊老板常常这样说：‘真正的朋友应该共同分享一切。’汉斯点头微笑，觉得有一个思想如此高尚的朋友是一件非常骄傲的事情。

“有时邻居也觉得很奇怪，如此富有的磨坊老板，家藏面粉数百袋，乳牛六头，还有一大群绵羊，也不送给汉斯一点，反而汉斯不时拿些东西来，听着磨坊老板高谈阔论。他觉得再也没有其他事情比这更令自己高兴的了。汉斯总在花园里工作，春、夏、秋三季都很快乐，只是一到冬天，没有花果拿到市上去卖，他就要受冻挨饿了，有时只吃点干梨或硬栗子就去睡觉。下雪之后，他还要忍受孤单与寂寞，因为这时候磨坊老板再也不能来看他。

“磨坊老板常常对妻子说：‘冬天我去看汉斯是没有好处的，因为人在遇到困难的时候需要安静，这是我对友谊的见解。我觉得这是对的，所以等到明年春天时我再去看他，到时他送给我一大篮莲馨花，可以让他非常快乐。我现在去，他没有什么东西拿出来招待我。’

“他的妻子坐在火炉旁的大椅上，答道：‘你真替别人想得周到啊！听你谈友谊的真谛，有种让人茅塞顿开的感觉，我敢说牧师也没有你这样的观点，虽然他住的是三层洋房，小指上还戴着金戒指。’

“‘可我们为何不叫汉斯到这儿来过冬呢？’磨坊老板的小儿子突然插嘴说，‘如果可怜的汉斯很穷苦，我可以把粥分给他一半，领他一起看我养的小白兔。’

“磨坊老板叫了起来：‘你真是个无聊的孩子，我不懂把你送进学校去有什么用，似乎什么知识也没学到。假如汉斯到这儿来，看见我们有火炉、好的食物以及大瓶的红酒，肯定会引起他的嫉妒之心。嫉妒是很可怕的东西，它能毁灭人的天性，我绝不能让汉斯受到这种不良习性的污染。我是他最要好的朋友，理应时常看管他，使他不受任何诱惑。况且若他来到这儿，一定会跟我赊借面粉，这是我所不允许的。面粉是一件事，友谊又是另一件事，绝不能混淆在一起。你看，“面粉”与“友谊”两个词的写法完全不一样，意思更不相同，这是人人都知道的事情。’

“他的妻子听了，自斟一大杯热酒说：‘你说得多好呀，真像在教堂里听经一样！’

“磨坊老板说：‘会做事的人非常多，可会说话的人却少得可怜，足见说话是两者之中更困难的，也是更重要的。’说完就很严肃地看着桌子那方的小儿子。小儿子觉得非常惭愧，低垂着头，满脸绯红，望着茶杯哭泣起来。”

老水鼠问：“故事就这样结束了吗？”

梅花雀说：“当然不是，这只是开头哩！”

“那你真是太落伍了，”老水鼠说，“如今善于说故事的人，多从结局开始，然后再说开场，最后才说中间部分。这种新的讲故事手法，是我从一位批评家口中听来的。那天他正同一位青年在河边散步，说的内容很长，我敢断定他说的是对的。他戴着一副蓝色眼镜，秃顶亮光光，只要那青年说句什么，他总是‘呸’的一声作为回答。请把故事继续说下去吧，我非常热爱这个磨坊老板，我和他有种异常的共鸣。”

“好的。”梅花雀说。他时而用这只脚跳着，时而又用那只脚跳着。“冬天过去之后，漂亮的莲馨花会再次绽放，到时磨坊老板就对他的妻子说，要下山去看汉斯。他的妻子道：‘唉，你的心肠真好呀，总是经常挂念别人，只是别忘记带个大点的篮子去装花哟！’磨坊老板就用粗铁链把风车轮子固定，带着篮子走下山去。

“磨坊老板说：‘早上好呀，汉斯！’

“汉斯靠在铁铲柄上，满脸笑容地说：‘早上好！’

“磨坊老板说：‘这个冬天过得还好吗？’

“汉斯叫着：‘唉，你这话问得真是好呀，实在是太关心我了！那时我的确遇到一些困难，不过现在春天来了，一切阴影都已成为过去，我现在非常幸福，花儿都长得很好。’

“磨坊老板说：‘冬天我们常谈到你，不知你过着怎样的日子。’

“汉斯说：‘你们太好了，我还怕你们把我忘了呢！’

“磨坊老板说：‘汉斯，你这样说就令我生气了，友谊是不会被人遗忘的，它只会被人铭记于心，只是你可能不懂生活的诗意。啊，这些莲馨花真好看！’

“汉斯说：‘的确很不错，这是因为我的运气好，花儿才开得如此灿烂。我准备把它带到市场上卖给市长的女儿，用那笔钱把我的小车赎回来。’

“‘赎回你的小车？如此说来你已经把它卖掉了，你怎么会干这种事，多么的愚蠢啊！’

“‘唉！’汉斯说，‘事实上我也是迫不得已才卖掉的，你知道，每年冬天都是我最艰难的时期，穷得连买面包的钱都没有。我先是卖掉了礼拜日穿的那件衣服上的银纽扣，接着是银链子、大烟斗，最后才把小车也卖了，但是我现在准备把它们全部买回来。’

“磨坊老板说：‘汉斯，我把我的小车送给你吧！它虽然有一边是坏了的，已经破旧不堪，车轮也有些毛病，不过即使这样，我还是决定送给你。我知道这样做非常慷慨，甚至许多人认为很愚蠢，但我才不愿和别人一般庸俗，慷慨是友谊最神圣的要素，况且我已买了一辆新小车。你放心，我把这辆旧车全部送给你就是。’

“汉斯说：‘啊，你真是太大方了！我屋里刚好有一块木板，不用费什么事就可以把它修好。’他圆圆的脸颊上充满了兴奋的喜气。

“‘一块木板?’磨坊老板说，‘我正想弄一块来修理我的仓库呢，那间仓库出现了一个破洞，如果不把它修好，里面储存的面粉在下雨的时候就会被淋湿。幸亏你说出来，果真是好心必有好报啊！我既然把小车送你，你也把这块木板给我吧！小车当然比木板值钱，但是真正的友谊是不在乎这些的。你现在拿出来，我想马上就去修理仓库。’

“‘好的!’汉斯高兴地叫着，跑到屋棚里把木板拖了出来。

“磨坊老板看着木板说：‘这块木板不大，我怕仓库修好之后就没有多余的修小车了，但这当然不是我的错。还有，我把小车给你，想你应该也愿意转送我一些花儿，篮子就在这里，记着要装得满满的。’

“‘满满的吗?’汉斯愁苦地犹豫着，那篮子实在太大，如果把它装满就没有拿去卖的了，他很想把那银纽扣买回来。

“磨坊老板接口说：‘是啊，我既然把小车白送给你，问你要一些花儿，应该不算很过分吧！当然，我或许也不对，但我总想着我们的友谊，真正的友谊不含任何自私性的目的。’

“汉斯叫了起来：‘我亲爱的朋友，伟大的朋友，花园里的花，你想要什么就摘什么吧！银纽扣我可以改日再买，只要你不怀疑我对你的友谊。’说完就跑去把所有的莲馨花摘了，装满磨坊老板的篮子。

“‘再会吧，汉斯！’磨坊老板扛着木板，提着大篮子，往山上走去。

“‘再会吧！’汉斯欢欢喜喜地掘着地，他又有了小车，兴奋得如同久旱逢甘霖的小草。

“第二天，汉斯正在把金盏花藤牵上高高的木架，却听见街头不远处传来磨坊老板叫他的声音。他一步从梯子上跳下来，爬到花园的墙头，只见磨坊老板背上扛着一大袋面粉向他走来。

“磨坊老板说：‘亲爱的汉斯，你可以替我把这袋面粉扛到市上去卖掉吗？’

“汉斯说：‘抱歉，我今天实在很忙，要把蔓藤一起上架，还要浇花、施肥与锄草，没有时间呀！’

“磨坊老板说：‘好，你说得不错，如果你细想我连小车都送给了你，你还会拒绝这点小事吗？你真是太不够朋友了。’

“汉斯立马叫了起来：‘别说这样的话，我是不会对朋友忘恩负义的！’他立刻跑进屋子里拿来草帽，扛着面粉袋，慢慢地朝街市上走去。

“那天天气很热，路上飞沙漫天，汉斯没走多远就迈不动脚了，但以他的勇敢与毅力，坐下来歇息片刻后，最终还是到达目的地。他在市场上等了一会儿，面粉便卖出很好的价钱，然后立刻赶回家来，生怕时间太晚，路上遇着盗匪。

“晚上，汉斯临睡时对自己说：‘今天真是太辛苦了，但我依旧很高兴，没有辜负磨坊老板的嘱托。他是我最好的朋友，何况还要把小车送给我，呵呵！’

“第二天，太阳刚从地平线上升起，磨坊老板就来拿卖面粉的钱，汉斯因为昨天的疲劳，还躺在床上没有起来。磨坊老板说：‘你太懒了，如果想要我把小车给你，就应该勤快一点，懒惰是一种大罪，我当然不希望我的朋友犯这样的罪。我这样教训你，你不必放在心上，如果我不是你的朋友，做梦也不会对你说这些话。但若不说真心话，又算什么好朋友呢？人人都会说好话，讨人家的喜欢，但作为真正的朋友，反而说的都是难听的。朋友绝不会顾忌你的感受而天天拍马逢迎，如果他是真正的好朋友，必定这样直言不讳，因为他知道这样做完全是为了你好。’

“汉斯揉揉眼睛，脱下睡帽说：‘你教训得对，但我实在疲倦不堪，我想多在床上躺一会儿，听听小鸟的叫声。你知道每当听完小鸟唱歌之后，我有多精神吗？’

“磨坊老板拍着汉斯的背说：‘好，这样很好，我要你快些到磨坊来帮我修理仓库，越快越好！’

“可怜的汉斯本来想去自己的花园里做点事，他的花儿已经两天没浇水了，但磨坊老板既然是他的好朋友，怎么也不愿意拒绝对方。他害羞似的轻声问道：‘如果我说我很忙，你会不会觉得我不够朋友？’

“磨坊老板答道：‘嗯，是的！我想我的要求并不过分，我还要送你小车呢！不过如果你实在不愿意，我就自己去动手算了。’

“‘啊，这样怎么可以？！’汉斯跳下床来，穿好衣服，径直到磨坊老板的仓库那儿去了。他在那儿做了一天苦工，一直到太阳落山。傍晚时分，磨坊老板来看仓库修理的进展情况，他用一种欣喜的声音叫道：‘汉斯，你把楼顶上的洞补好了吗？’

“‘完全补好了。’汉斯走下楼梯来。

“磨坊老板说：‘再也没有什么工作，比帮人家做事更令人高兴吧？’

“汉斯说：‘听你谈话真是一种莫大的荣耀，我想我永远都不会有你这种精辟的见解。’

“磨坊老板说：‘你一定会有的，只是还应该多吃些苦罢了，如今你正在对友谊进行实习，不久你也就会有友谊的理论。’

“汉斯问：‘真的吗？’

“磨坊老板答道：‘当然，不过现在屋顶已经修好，你就

早点回去睡觉吧，因为我明天还要请你帮我把羊赶到山里去。’

“可怜的汉斯什么也不敢说，第二天早晨，磨坊房老板把羊赶出来，汉斯就同羊一起去到深山里，往返又花掉他一天的工夫，回到家疲倦极了，倒在床上呼呼睡去，直到次日接近中午才醒。

“‘每当看到我的花园，我就高兴极了！’他微笑着，立刻就去干活。但从此之后，他依旧不能时常看管花木，因为磨坊老板总是来找他做许多极费时间的事情，不然就叫他到磨坊里去帮忙。汉斯苦恼极了，生怕那些花木以为自己忘了他们。他拿磨坊老板是自己的好朋友来安慰自己，常常说：‘作为好朋友，他要把小车送给我，这完全是一种豪爽的行为，我不应该有任何不满！’因此汉斯就不停地帮磨坊老板做事，磨坊老板也讲了各种关于友谊的漂亮话，汉斯还把这些话用笔记下来，每晚拿出来读，他是个非常好学的人。

“一天傍晚，汉斯正坐在火炉边上，忽然传来一阵很急促的敲门声。那天夜里天气很糟糕，大风在户外狂吹怒吼，起初他还以为只是风声，但不多时又响起第二次，第三次，一次比一次敲得响。

“‘肯定是可怜的过路客。’汉斯对自己说，跑到门口去看。原来站在那儿的是磨坊老板，一只手提着一盏灯，另一只手拿着一根粗木棍。

“磨坊老板叫道：‘亲爱的汉斯，我真倒霉，小儿子从梯子上跌下来，摔伤了，我要去请医生。但是医生住得很远，今晚天气又坏，刚才想到若你替我跑一趟，比自己去好一些。你知道，我要把小车送给你，所以你应当报答我，为我做一点力所能及的事。’

“汉斯叫着：‘当然啦，我非常喜欢你来找我，我立刻就去好了。但是你得把灯借给我，今晚这样黑，我担心跌到沟里去了！’

“磨坊老板说：‘很抱歉，这是我最近才买的新灯，如果有什么意外，那将是我很大的损失。’

“‘好的，没有关系，我不用灯也行！’汉斯这样说。他把皮大衣穿上，戴好红色的暖帽，还在脖子上扎一条围巾，就立刻动身去请医生了。那是多么可怕的风暴啊！路上黑得汉斯什么也看不见，风大得连站立都很艰难，但是他很勇敢，大约三个钟头的工夫就到了医生家里，连忙敲门。

“医生叫道：‘是谁呀？’把头从卧室的窗口伸了出来。

“‘医生呀，我是汉斯！’

“‘汉斯，你有什么事？’

“‘磨坊老板的儿子从梯子上跌下来摔伤了，他请你过去治伤。’

“每当看到我的花园，我就高兴极了！”

“‘好吧！’医生说着，穿上大皮靴，点灯走下楼来，然后骑马往磨坊那儿赶去，汉斯慢慢地在后面跟着。

“暴风肆虐，大雨倾盆直下，天气越来越恶劣，汉斯简直看不见眼前的道路，更是跟不上前面医生骑的马。最后，他迷路了，来到一片沼泽湖边。那地方非常危险，四处都是深穴，汉斯不小心落下去，淹死在那儿了。

“第二天，有几个牧羊人发现他的死尸漂浮在湖面上，就把他抬回了草屋。

“乡亲们都很喜欢汉斯，人人都来参加他的葬礼，而磨坊老板则是最主要的哀悼人。磨坊老板说：‘我是他最好的朋友，所以我应当占据最好的地位。’他穿着一件黑长衫，走在送葬人的最前面，时时都用手巾擦着眼睛。

“葬礼完毕，众人安坐在栈房里，一面喝香酒，一面吃甜糕，其中有一个铁匠说：‘汉斯的死，对于我们来说是莫大的损失。’

“磨坊老板说：‘无论如何，于我的损失最大。唉！当初要把小车给他多好，现在我真不知拿它如何处置了。我家里东西多着呢，这车子破得不像样，拿去卖也值不了什么钱，看来以后应该小心一些，别再送给人家东西，豪爽总是让人倒霉。’”

故事讲完之后，隔了好一会儿，老水鼠才不可思议地问：

“怎么，就完了?”

梅花雀说：“是啊，完了!”

老水鼠问：“磨坊老板后来有什么下场呢?”

“这个，我不知道，”梅花雀说，“我不太愿意关注这些事。”

老水鼠说：“这是因为你天性中缺少同情心。”

梅花雀说：“我怕你还没有明白这故事的教训呢!”

老水鼠叫道：“你说什么，教训?”

“教训!”

“你的意思是说，这故事有什么教训吗?”

“当然呀!”

“好吧!”老水鼠怒道，“我想你应该在说故事之前先告诉我这样，如果你早告诉我，我一定不会听你的。说真的，我应该像某些批评家一样说声‘呸’，不过现在说也一样。”于是他‘呸’地大叫一声，摇摇尾巴，钻进洞里去了。

母鸭几分钟后游了过来，问道：“你喜欢这老水鼠吗?他有许多优点，不过我以做母亲的心理，看着这样一个顽固的单身汉，实在是有些悲伤，忍不住要流下眼泪。”

梅花雀答道：“我恐怕得罪他了吧，因为我同他讲了一个含有教训的故事。”

母鸭说：“呀，这的确是很危险的事!”

我完全赞同她的话。

Part Five

驰名的火箭

不论什么地方，只要你爱它，它便是你的世界。不过如今爱已经不时髦了，诗人已把它抹杀。他们不停地写着爱，泛滥成河，于是人们再也不相信爱了。我也不觉得惊异，真正的爱人多是痛苦的、沉默的。

王子准备结婚了，人人都露出欢欣的神情，他已经等待新娘一年的时间，如今终于得偿所愿。

新娘是一位俄国公主，坐着六只驯鹿拉的雪车，从芬兰一路而来。那雪车的形状犹如白天鹅，公主坐在天鹅的翅膀之间，身穿长长的貂皮衣，头上戴着一顶银丝织就的小绒帽，脸色苍白得就像她历来所住的雪宫一样。当车从街上经过，人们都对她的肤色感到非常惊奇。

“她真像一朵白玫瑰!”人们这样叫着，然后就从露台上抛些花朵撒在她身上。

正在城门口迎接她的王子生着一双梦幻似的紫色眼睛，头发犹如纯金一般。他见公主到来，单膝跪在地上，吻着她的手。他喃喃说道：“你的画像美极了，但本人比画像更漂亮。”说完，小公主的面颊一片绯红。

一个小仆人对他身边的人说：“公主先前像一朵白玫瑰，现在却像一朵红玫瑰了。”宫廷里的人听到这句话，个个都十分欢喜。

此后的三天里，人人几乎都在说着：“白玫瑰，红玫瑰，红玫瑰，白玫瑰。”于是国王下令给那个小仆人加双倍薪俸，只是小仆人以前根本就没有薪俸，奖励对他来说依旧是一无所有。但人人都认为这是极大的光荣，照例登在“公报”上面加以颂扬。

三天过后，婚礼正式开始。

这是一场盛大的典礼，新娘、新郎手挽着手，在绣着小明珠的紫绒华盖下走着，大宴欢饮至五小时之久。王子和公主坐在大厅的首位，用漂亮的水晶杯子对饮。只有真正相爱的人才能用这种水晶杯子喝酒，若是虚假的爱人，嘴唇一触碰到它，它就会立刻变成灰色，永远失去清亮的光彩。

小仆人说："他俩确实非常相爱，犹如水晶一样分明！"国王又给他加双倍薪俸，臣仆们无不叫着："多光荣呀！"

欢宴过后，接着是舞会，新娘、新郎一起跳玫瑰舞，国王亲自吹笛子助兴。他吹得很难听，但没有谁敢说他吹得难听，因为他是国王。的确，他只知道两个乐谱，这时吹的那一曲，最是让人莫名其妙。但没关系，只要是他吹的，人人都叫着："妙呀！妙呀！"

节目单上最后的活动是放烟火，要到半夜时分才举行。小公主从来没有看过烟火，所以国王命烟火师在今晚专门为她举行这个节目。

早晨，小公主正在庭园中散步，向王子问道："烟火是什么样儿呀？"

国王向来喜欢替别人答话，当下插嘴说："烟火就像北极光那样，只是更自然一些，我拿它们比天上的星儿，有机会你

俄国公主坐着六只驯鹿拉的雪车，从芬兰一路而来。

欣赏一下就知道了，犹如我吹的笛子一样美妙，你到时一定要看看不可！”因此在御花园后面，早早就竖起一个高架，皇家烟火师刚把一切安排好，烟火们就谈起话来了。

一个小鞭炮叫着：“世界真的很美丽呀，看看这些郁金香，嘿嘿！如果他们也变成真的爆竹，就不会这样可爱了。我很高兴能够经常去旅行，旅行能使人思想进步，并打消一个人的所有成见。”

一个大柳花烟火说：“你这傻小子，御花园才多大，世界广着呢，三天的时间都不一定能逛得完！”

“不论什么地方，只要你爱它，它便是你的世界。”一个伤感的旋转烟火说。她年轻时爱过一个旧杉木匣子，现在常常以失恋者自许。她接着道：“不过如今爱已经不时髦了，诗人已经把它抹杀。他们不停地写着爱，泛滥成河，于是人们再也不相信爱了。我也不觉得惊异，真正的爱人多是痛苦的、沉默的。记得曾有一次——不过现在已没有说的必要，再浪漫的情史都会成为过去。”

“荒谬！”柳花烟火说，“浪漫是不会死的，它像月亮一样永恒存在，例如这对新婚夫妇，他俩就非常相亲相爱。今天早晨有个棕色纸做的火药筒，把他们的事情详细地对我说了，他刚好跟我同住一个抽屉里头，知道许多宫廷里最近的新闻。”

但是旋转烟火只是摇头。“浪漫早死了，浪漫早死了，浪漫早死了!”她喃喃地说着，好像把一件事重复许多遍，那件事就能成为真理似的。

突然间，一声干咳响起，大家赶紧转头四下张望——那是一个傲慢的高大火箭发出的声音，他的身子被捆在一根长棍上。他想要表达自己的意见，故意干咳几声，以便引起大家的注意。

“喂！喂!”火箭说，人人都竖起耳朵倾听，唯有那可怜的旋转烟火仍摇着头，继续喃喃道：“浪漫早已死了。”

有一个爆竹叫了起来：“秩序啊！秩序啊!”他是政客一类的人，常在各地方选举中活动，所以学会那套国会派的口气。

“早就死光了!”旋转烟火这样低语着，就睡觉去了。

正当完全沉寂无声的时候，火箭又响起第三声咳嗽，开始说起话来。他的声音慢条斯理，字音咬得十分清晰，似乎在背诵什么东西，一面说还不时地看看大家的表情。的确，他的举止非常出众。

他说：“王子的运气真是太好了，婚礼竟然刚巧在我燃放的这天，若这都是预先安排好的，那他真是命运的宠儿啊!”

“啊，老天爷!”小鞭炮说，“我的想法完全不同，我觉得我们是托王子的福，才最终得以燃放呢!”

火箭道：“在你或者是这样，我也不怀疑，只是在我则完

这是一场盛大的典礼，新娘、新郎手挽着手，在绣着小明珠的紫绒华盖下走着，大宴欢饮至五小时之久。

全不同。我是个很驰名的火箭，祖上就很有名气。我母亲是当时最出色的旋转烟火，她的舞姿优美，在人前献技可以旋转九次才冲上天空，而且每旋转一次，就会在空中洒下七个紫色的星花。她的直径有三尺半，是用最上等的火药做的；我父亲是一个像我一样的火箭，有着尊贵的法国血统，他飞得高不可及，人们都怕他再也不会落下，但他天性善良，依然会洒下许多极漂亮的金雨。报纸上的评论用许多献媚的词句来记录他的表演，王宫里的‘公报’还称赞他烟火术已达到大成的境界。”

“烟火，你是说烟火吧！”一个蓝色烟火说，“我知道是烟火，因为我看见自己的火药包上是这样写的。”

火箭用一种严肃的口气说：“是的，我说烟火！”

蓝色烟火感到深受凌辱，于是马上去欺负旁边的小鞭炮，表示他仍不失为重要角色。

火箭继续说：“我在说，我说——我在说什么呀？”

柳花烟火说：“你在说你自己的事。”

“对，想起来了，我知道我正在讨论一个有趣味的话题，就让人很无礼地打岔了。我最恨无礼和鲁莽这一类的事，因为我很敏感。我敢说，世间再没有人比我更敏感了。”火箭气愤地道。

爆竹对柳花烟火说：“敏感的人是怎样的？”

柳花烟火低声回答："是脚上生着鸡眼，喜欢踩别人脚趾的那种人。"爆竹忍不住大笑起来。

火箭问道："喂！你笑什么？我都没有笑。"

爆竹说："我笑，因为我高兴。"

"这理由太自私了，"火箭说，"你有什么权力高兴？你应该想着别人，至少，也得想着我。我就时常想着我自己，希望人家也对我这样，这便是所谓的同情，一种很好的品格，我做得十分完美。例如，若今晚我出了什么事情，对大家来说将是很不幸的，王子与公主也不会再快乐了，他们的婚姻生活也从此受到破坏。至于国王，我晓得他当然也受不了，真的，我只要想到自己是如何重要，就忍不住要潸然泪下。"

柳花烟火叫起来："如果你想给别人快乐，最好还是别哭，免得把自己的身子弄湿了。"

蓝色烟火这时心情好了，也大叫起来："的确，这是很简单的常识。"

"的确是常识，"火箭怒气冲冲地说，"可你忘了我是个卓尔不群、出类拔萃的人。无论是谁，只要是没有想象力的，就得有常识。可是我有想象力，因为我从不照着事物的真相去理解它们，我老是把它们当作完全不同的事物来想象。至于说不要流眼泪，很明显，这里没有一个人是能够欣赏多愁善感的，幸而我自己并不介意，只有想着任何人都比我差，靠着这个念头，一个人才能够活下去。我平日培养的就是这样一种感觉，你们全是没有心肠的。你们只顾着开玩笑，好像王子同公主刚才并没有结婚似的。”

“真是的！”一个发光的气球叫道，“为什么不这样呢？这正是最快活的时候呀！我飞上天去一定会告诉星儿，你看好，当我同他谈那漂亮的新娘时，星儿一定闪闪发亮！”

“啊，多浅薄的人生观！”火箭说，“但我早料到是这样的，你只不过空空一无所有罢了。你应该像这样想：或许王子和公主都去乡下住，或许那儿有一条深深的河，或许他们只生了一个儿子，像王子一样有着美发紫眼的儿子，或许哪天他同保姆出去散步，保姆跑到大树下睡觉，或许那孩子就落在河里淹死了，这该是多么的不幸啊！可怜人，连唯一的儿子都失去了，真是太可怕了，我肯定承受不住。”

柳花烟火说：“但是他们并没有把儿子失去呀，也并没有什么不幸。”

火箭说：“我并没有说他们有什么不幸，我只是猜测他们将来可能会出现不幸罢了，如果他们已经失去儿子，再说什么也没用。我最恨那些泼了牛奶再来哭的人，但是我每想到他们或许会失去唯一的儿子，就难过得无以复加。”

蓝色烟火叫道：“你的确是这样的，的确是，我从来没有见过像你这样容易感动的人。”

火箭说："我从来没有见过像你这样鲁莽的人，你不明白我同王子的友谊。"

"得了，你根本不了解他。"柳花烟火叫了起来。

"我又没有说我了解他！"火箭道，"我敢说，如果我了解他，我就不会做他的朋友了。了解朋友，是一件非常危险的事。"

发光气球说："你最好把自己的身子弄干燥一点吧，这是很重要的啊！"

"我相信，这件事于你倒是很要紧的，"火箭说，"但是，如果我喜欢哭，还是要哭的。"说完他就真的哭起来，泪水像雨点似的从身子上直流而下，几乎把两个小甲虫淋湿了。小甲虫正想找个干燥的地方，一起营造住宅。

"他有一种真正的浪漫精神，因为他可以在那儿毫无理由地乱哭。"旋转烟火说，她又叹口长气，想着那杉木匣子。但是柳花烟火和蓝色烟火却气极了："笨蛋！笨蛋！"一齐用力叫着。他们素来是很实际的人，无论什么事情，只要他们不赞成的，他们都说是"笨蛋"。

安静的天空中月亮升了起来，活像一个银色的贝壳，星儿也趁机放出亮光。宫中传来一阵音乐声，王子与公主在人群中开始跳舞。他们优美的舞姿，就连高高的白色水仙花儿也忍不住在窗口偷瞧，红色的大罂粟花也在点头打着拍子。

安静的天空中月亮升了起来，活像一个银色的贝壳，星儿也趁机放出亮光。

十点，十一点，十二点，到了午夜，国王把烟火师叫到跟前。“放烟火吧！”国王命令道。

烟火师深深鞠了一躬，来到后花园。

他有六个手下，每人手里拿着一个长火把。

这的确是非常壮观的场面。

呼！呼！旋转烟火一路旋转着去了；砰！砰！柳花烟火也去了；跟着小鞭炮天女散花，四处飞舞开来；而蓝色烟火使一切都变成了蓝色；再会吧——发光气球叫着飞上了天，洒下许多红色的小花来；噼里啪啦——爆竹们搭着腔，正玩得起劲。除了驰名的火箭，人人都成功了。

火箭哭得一塌糊涂，全身湿透，再也飞不上天了。他全身最好的是火药，现在火药全被眼泪淋湿，一点用处也没有了。那些他平日不屑跟他们说话的穷亲戚，现在也都飞上天空，犹如一片开着金花的火红玫瑰。

好呀！好呀！宫廷的人都这样叫着，小公主也高兴得笑个不停。

火箭暗自说：“我想他们大概是想用我来压轴，等最热闹的时候请我出马，一定是这样的。”他因此更得意了。

第二天，工人来收拾园子，火箭说：“这一定是个代表团，我要摆点架子才好。”他故意把鼻子翘起来，然后皱着眉头，仿佛在想什么了不得的大事。但是工人根本没有注意到他，直到离开时，才有一个人发现他。“原来是一根坏了的火箭！”顺手就把他掷过围墙，向臭水沟落去。

“坏火箭？坏火箭？”他自言自语道，“不可能！大火箭，他一定是说大火箭。‘坏’和‘大’的发音差不多，的确，有时简直一样！”说完就跌进了污泥里。

“这儿很不舒服，但无疑这是一套时髦的海滨别墅，他们是送我来休养的。”火箭心想道，“我的精神有些不好，需要休养一下才行。”

一只生着绿宝石般的眼睛，穿着绿斑衣的青蛙游到他面前。

“我看，这是一位新来的客人呢！”青蛙说，“任什么人也不会喜欢污泥的，下点雨，有个池塘给我，我就快乐了，你看下午会下雨吗？我当然希望它下，不过天这样晴，一点云也没有，真糟透了！”

“啊哼！啊哼！”火箭刚想说，就咳嗽起来。

青蛙叫了起来：“你的声音真不错啊，就像蝈蝈的叫声，蝈蝈的声音是世间最好的音乐，晚间你可以来听我们的音乐演奏。我们住在农夫屋边那个鸭池里，月亮出来的时候，我们就开场了。那才真迷人呢，人人晚间都会睡在床上听我们唱歌，昨天我才听见农夫的老婆对他说，因为我们，她夜里一点也睡不着觉。一个人能这样驰名，真是令人高兴的事情啊！”

“啊哼！啊哼！”火箭怒气冲天，一句话也插不进去，真是气极了。

青蛙继续说：“的确是一种好听的声音，我希望你到鸭池那边去玩，我要看我的女儿去了。我有六个美丽的女儿，怕她们遇着梭鱼。梭鱼完全是个大恶魔，一定会把她们当作早餐吃掉，再会吧，我同你谈得非常愉快！”

火箭说：“这是谈话吗？一直都是你在说，我一句都没插上。”

青蛙回答：“在交流中，有的人本来就应该负责倾听，我喜欢自己不停地说，这既节省时间，又免得发生争论。”

火箭说：“但是我喜欢争论啊！”

青蛙很得意地说：“我希望你别这样，争论是很没风度的行为，在上流社会里，人人的见解都是一样的，再说一次‘再会了’，我到那边看我女儿去了。”说完青蛙就游走了。

“你真是个讨厌的人，”火箭说，“并且教养相当不好，我最恨你这 类人，像我这样，人家明明想讲讲自己，你却喋喋不休地拼命讲你的事，这就是所谓的自私。自私是最叫人讨厌的，尤其是对于像我这样的人，因为我是以富有同情心出名的。事实上你应该以我为榜样，学学我，你再也不能找到一个更好的榜样了。你既然有这个机会，就得好好地利用它，因为我马上就要回到宫里去了。我是宫里非常得宠的人，事实上昨天王子和公主就为了祝贺我而举行婚礼。当然你对这些事一点也不知道，因为你是一个乡下人。”

一只蜻蜓坐在棕色芦苇尖上，说：“同他谈话是没用处的，因为他早没踪影了。”

火箭说：“这是他的不是，不是我不好，我不能因为他不留心就不对他说。我喜欢自言自语，这是我非常高兴的一件事。我常常自己对自己进行很长久的谈话，我太聪明了，有时讲的话自己一句也听不懂。”

“那么你应该去教授哲学。”蜻蜓说完，就展开一对薄纱似的翅膀，飞到天空中。

“他不留在这儿，真是愚蠢啊！”火箭说，“我敢讲，他从来没有得到这种受教育的机会，但我不在意，像我这样的天才，终有一天会被人了解的。”说完他在污泥中陷深了一些。

过了一会儿，一只大白鸭游到他面前。她生着一双黄色的腿，两只有蹼的脚，走起路来摇摇摆摆。因为她走路的姿势风韵十足，人们都称她是一个绝世美人。

“嘎！嘎！嘎！”她说，“你的样儿真奇怪，你是怎么生出来的？怎么会是这个样子呢？”

“你就是个没见过世面的乡下人，”火箭说，“否则你不会不知道我是什么人，不过我可以饶恕你的愚昧。你听我说，我能飞上天空，洒下许多漂亮的金雨来，使你觉得非常惊讶。”

鸭子说："我倒不看重这些东西，因为我根本不明白这于人有什么用，若你能同牛一样耕田，像马一样拉车，跟狗一样守家，那还有点意思。"

火箭用一种极傲慢的声音叫道："我的朋友，我看你就是个下等人，像我这样地位显赫的人是从来不讲什么用处的，我们有许多特别的艺能，那就足够了。我对实业没有什么兴趣，至少对于你所说的那些实业看不起。我历来的意见就是这样，苦工只是无事可做的人的避难所。"

鸭子性情和善，素来不同人争吵，她说："好的！好的！各人有各人的志向，无论怎样，我想你是准备长住在这儿的吧。"

"啊，不是！"火箭叫道，"我只是一个旅客，一个尊贵的旅客罢了。事实上我已觉得这地方讨厌了，这儿既不热闹，又不安静，就像荒郊野外一样。我就要回王宫里去了，因为我的命生来就是要在世间做点惊人事业的。"

鸭子说："我从前也有一次想服务社会，社会需要改革的事物太多了。前不久我做过一次议会主席，我们通过决议反对一切不喜欢的事情，然而那些议决好像并没有多大效果，现在我专心料理家事，照管我的家庭。"

"我天生就是做大事的，"火箭说，"我的亲友们，包括那些很低贱的都是这样。只要我们一出来，马上就能引起人的注意。我自己还从来没有出过马，但如果我出马，必定受人拥戴。至于家事，它会使人加快衰老，让人分心，忘掉更高尚的理想。”

“啊，远大的理想，多妙啊！”鸭子说，“这使我想起肚子已经饿了。”说完又叫着“嘎！嘎！嘎！”泅到下游去了。

“回来！回来呀！”火箭说，“我还有许多话要对你说呢！”但鸭子理也不理他，他只好自言自语：“走了也好，他没有远大理想，心思实在太平凡了！”说着又在污泥里陷深了一些。

这时候，突然有两个穿白衣的孩子，手里提着一把水壶，还有木柴，跑到沟边来了。

火箭说：“这一定是接我的代表来了。”又装出神气活现的样子来。

“喂，你看这根脏棍子，是从哪儿来的呀？”有一个孩子叫道，把火箭从沟里拾了起来。

“脏棍子？不可能！”火箭说，“他一定是说金棍子，‘金’与‘脏’的发音也很像，说金棍子倒很有礼貌，他一定把我错看成宫里的大官了！”

另一个孩子说：“我们把它放在火里，多一把火烧水也好。”因此他们就把木柴架起来，把火箭放在上面，点着了火。

火箭说：“这真不错，他们在白天让我走，这样人人才能看见我。”

“我们现在去睡吧，醒来水就开了。”两个小孩躺在地下，合上了眼睛。

火箭很湿，烧了很久才燃着。

“现在我要走了!”他伸直了腰，“我知道我飞得一定比星儿还高，比月亮还高，比太阳还高。真的! 我要飞得很高，那么——”

嘶！嘶！嘶！他冲上了天空。

“有趣啊，我永远都要这样，这是多么的成功啊!”他高兴地说。

但没有一个人看见他。

这时，他觉得浑身奇痛起来。

“现在我要爆炸了，”他叫道，“我要轰动全世界，让人们在一年之内都不再讨论别的事情。”砰！砰！砰！火药燃了，毫无疑问，他真的爆炸了!

但没有一个人听见，就连那两个孩子，也在熟睡中没有醒来。

爆炸之后，现在他只剩下一根棍子，落了下来，正巧打在沟边散步的鹅背上。鹅叫起来：“老天爷不下雨，却下起棍子来了。”说完立刻钻进了水里。

“我知道，一定会一鸣惊人的!”火箭喘了一口气，完全熄灭了。

Part Six
少年王

我们的道路上没有太阳，『贫穷』睁着一双饥饿的眼睛爬进我们的家门，『罪恶』就紧随在它的身后。早晨惊醒我们的是『苦难』，夜里陪伴我们的是『羞辱』，但这些与你有什么关系呢？少年王从梦中惊醒……

在行加冕礼的前一天晚上，少年王独自坐在华丽的卧室里。朝臣都向他低身鞠躬后退了出去，按照历来行加冕礼的惯例，一起到王宫大厅听礼仪教授演讲。他们中有许多还不是很懂宫廷礼仪，作为朝臣而不懂礼仪，这自然是不可理喻的事。

那孩子（他的确是个孩子，目前才十六岁）看见他们走开，也并不觉得难过，只是长叹一声，把身子往后一靠，倒在一张绣花大椅上。他躺在那儿，眼睛张着，嘴唇微启，活像一位棕树林里半羊半人形的牧神，又像一只才被猎人捉住的森林小野兽。

老国王独生女的儿子，是同一个出身卑贱的人偷养的——有人说，是个异乡人，靠魔法笛音，使公主爱上了他；又有人说，是个里米尼的艺术家，公主待他十分殷勤，或许是太殷勤了，他突然在城里失踪，连礼拜堂的壁画都没有完成。

那人生下来才满七天，就在母亲睡着的时候被人偷偷抱走，送给了 位牧羊人的妻子。那户人家没有孩子，住在很偏远的森林里。至于公主，在生下少年王之后就死了。据王宫里的医生说，有可能是气极而亡，又据别人猜测，有可能是用一种掺在香酒里的意大利毒药，在醒来的一小时内毒死的。一个忠仆把婴儿载在鞍桥上，当他从倦马上下来，弯腰去敲那户牧羊人家门的时候，公主的尸身已埋葬在荒地上掘好的坟墓里。

那坟在城外，据说里面还葬着一个人，是个极漂亮的青年，双手被反捆在背后，胸部还有许多伤痕。

至少，以上所述是许多人常常谈论着的话。那老国王在临死的时候，或许是良心发现，觉得过去实在罪大恶极，或是为了皇室永传一家，就把那孩子找回来，在朝廷上公布他为自己的继承人。

孩子被找回宫里后，立刻就表现出爱美的热情来，这种热情注定要影响他的一生。据那些陪伴他进宫的人说，他刚看见那些为他预备的衣服珠宝，就欢喜得叫起来，似乎已经忘乎所以，立刻就把穿在身上的皮袄、皮褂脱了下来。不过有时他的确也想念从前那种悠然自在的山林生活，繁重的宫廷礼节经常占据他很多的时间，这常常使他感到厌烦。但这座富丽堂皇的宫殿（人们称它为“欢乐宫”，他现在是它的主人了），似乎对于他来说又是一个新世界，只要他能从会议厅或朝驾殿里逃出来，就会立刻跑下那两边立着铜狮的云母大石梯，从一间屋子走到另一间屋子，从一条走廊走到另一条走廊，好像要从里面寻找一副止痛药，或者一种治病的仙方似的。

他把这称为一种探险——的确，这对于他来说是异地的旅行，陪伴他的是一些瘦小的美发宫仆，穿着飘动的外衣，系着漂亮的缎带，但多数时间是他一个人。他以一种直觉或者先知预卜般的能力，觉得艺术最好秘密地去追求。美犹如智慧一

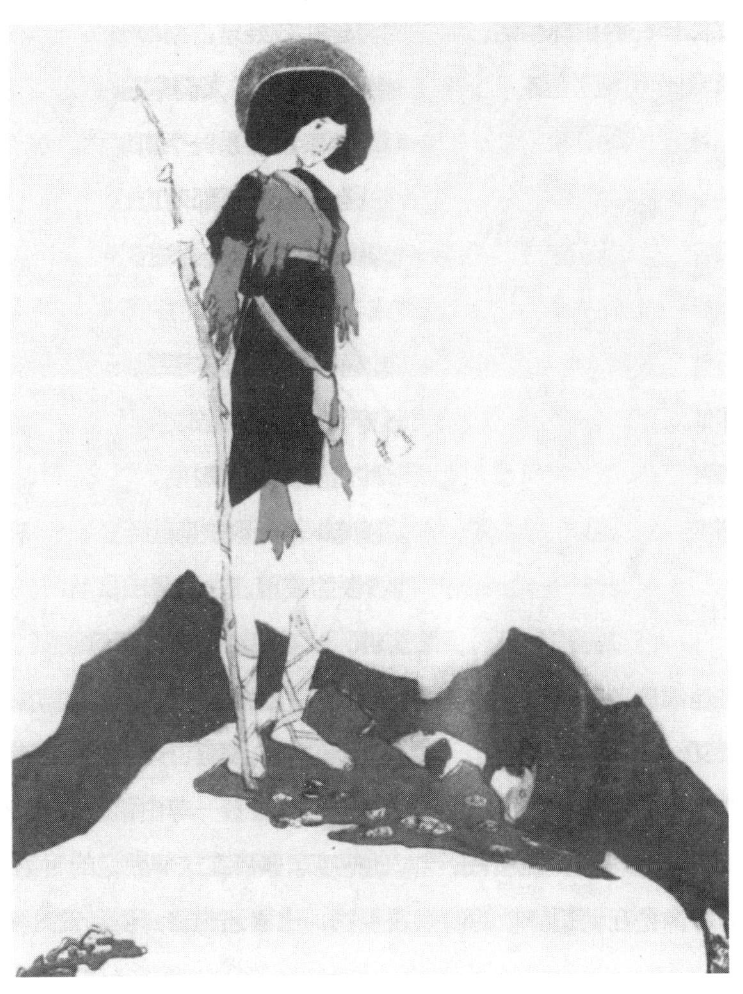

那人生下来才满七天，就在母亲睡着的时候被人偷偷抱走，送给了一位牧羊人的妻子。

样，喜欢那些孤独的崇拜者。

这个时期流传着很多关于他的古怪故事。

据说有位邑长代表人民来演讲，昧着良心说了一番歌功颂德的话，他很虔敬地跪在一幅由威尼斯买来的画面前，神情犹如朝拜天神。又一次，他失踪好几个钟头，经过长久搜寻，才发现他在宫内北方小塔的屋子里，犹如丢了魂似的，呆看着一尊由希腊宝石镶成的爱多尼斯雕像。据传闻，当时他把嘴唇紧压在这尊雕像的眉毛上。这尊雕像是在河边修桥的时候发现的，上面还刻着海德利安俾斯尼亚的奴隶的名字。他还花了整夜的工夫，去观察月光照在恩地眠银像上的奇异景象。

各种稀有值钱的东西对他都有很大的吸引力，为取得这些东西，他派出不少商人四处搜寻。有的到北海边，同渔夫做琥珀交易；有的到埃及去找青宝石，这种宝石只有皇墓中才有，价值连城；有的到波斯去买丝织地毯以及花陶器；有的到印度去买薄纱、红象牙、透明石、玉珠、檀香木、蓝珐琅和上等羊毛围巾。

但最让他劳心的要算加冕那天穿的袍子，金丝织成的袍子，红宝石镶成的王冠，珍珠串联而成的王节。的确，今晚靠在华丽的躺椅上，双眼望着火炉中渐渐燃烧成灰烬的松木柴，他想的便是这些。衣服的图样是由最著名的艺术家绘制的，几个月前已经呈给他看过。他当时就下令叫工人日夜加点赶工，还指派专员到全世界找寻配得上它的珠宝。他在幻想中，见自己穿着华丽的王服，站在礼拜堂的高祭坛前，孩子气的嘴角边流露出微笑，深黑的眼睛里，闪动着尊贵的光辉。

隔了一会儿，他站起身来，靠在火炉的雕花护栏上，看着四面光线阴暗的屋子。壁上挂着华丽的帷帐，代表美之胜利。一个角落里，放着一架镶着玛瑙和蓝宝石的印字机。对窗口的地方，有一个箱子，装着金粉涂的镜板，上面放着一些维尼丁琉璃以及黑纹碧玉制成的杯子。床毯上绣着罂粟花，好像随手抛在上边似的。丝绒华盖上镶着象牙雕成的芦苇草，上面插着一把鸵鸟羽毛，一直触到平整的银天花板。一个青铜的笑菩萨头上，顶着一面光滑的镜子，桌上放着一只紫水晶的碗。

窗外，他可以看见教堂那高高的楼顶耸立在阴暗的天空里，像虚幻水泡似的一层层堆积着。疲乏的哨兵，在夜雾笼罩的河边来回踱着散乱的步子。远处的花园里，有夜莺的叫声，一阵阵茉莉花香从窗口吹进来。他把棕色的卷发梳在头后，顺手拿起一支笛子，手指便在笛孔上面起伏着。接着他沉重的眼皮垂下来了，浑身开始疲倦。在以前，他从来没有这样亲切或这样愉快地感觉到美的东西的魔力与神秘。

钟楼敲响午夜钟的时候，他的宫仆进来，很有礼貌地为他脱去外衣，洒些玫瑰香水在他手心，枕边也为他放了一些花儿。几分钟后，他们离开房间，他就睡着了。

公主在生下他之后就死了。

睡着后他做了一个梦：

他觉得自己站在一间矮小的房子里，房子里有许多织布机呼噜呼噜地响着，暗淡的日光从铁窗口射进来，几个弯着腰做事的织工面色清瘦。神色苍白、病态毕现的孩子们弯着腰坐在机车前，当梭子穿过丝线，他们便把沉重的压板拉起来，当梭子停下来，又把压板放下去，将丝编织在一起。这些人脸上都露出饥饿的神情，手也战栗无力，还有许多憔悴的妇人坐在桌边缝衣裳。屋里有一种怪气味，空气混浊，墙上满是污秽潮湿的斑痕。

少年王走到一个织工面前，站在他身边看他。

织工怒目瞪了他一眼，说："你看着我干吗？你又是主人派来监视我们的密探吧？"

少年王问："你们的主人是谁？"

"我们的主人？"织工很悲伤地说，"他也是同我们一样的人，不过，也有不一样的地方——他穿着华丽的衣裳，我们穿着破烂的碎布；我们饿得快要死了，他家里却酒肉太多，正嫌臭着呢！"

少年王说："这地方是自由的，你们又不是别人的奴隶，为什么还要待在这里？"

织工答道："战争时，强者就要弱者做奴隶。和平时代，有钱人就要穷人做奴隶。我们非做工不可，因为我们要生活下去。但他们只给那点儿可怜的工资，我们只有死路一条。我们成天为他们辛苦地工作，金子却都堆在他们的柜子里。我们的孩子，不到成年就夭折了。我们所爱的人的面容，也都变得憔悴不堪。我们用双手辛勤地榨出葡萄汁，可最后喝酒的却是别人。我们汗流浃背地播种稻谷，而家里一粒米都没有。我们实际上戴着枷锁，虽然肉眼看不见。我们都是奴隶，不管别人说我们有着怎样的自由。”

少年王问：“个个都如此吗？”

织工答道：“个个都是如此，无论年轻的还是年老的，女的还是男的，未成年的孩子或是饱受生活打击的成人，都是如此。商人压榨我们，我们不得不听从他们的指挥。牧师只会数着念珠面无表情地从我们身边经过，从来不曾理过我们。我们的道路上没有太阳，‘贫穷’睁着一双饥饿的眼睛爬进我们的家门，‘罪恶’就紧随在它的身后。早晨惊醒我们的是‘苦难’，夜里陪伴我们的是‘羞辱’，但这些与你有什么关系呢？你跟我们不是一个世界的人，从你的脸色就能看出，你生活得非常优越。”他怒冲冲地把脸转过去，又在机器上抛着梭子，少年王这才看见上面全绕着金线。

他惊恐极了，连忙对织工说：“你们织的这件衣服是给谁的？”

织工答道：“是少年王加冕时穿的，与你有什么关系呢？”

就在这时，少年王大叫一声醒来。啊！他仍在卧室里，窗外蜜色的月亮正挂在迷雾般的夜空中。

他立刻又睡着了，另一个场景进入他的梦乡：他觉得自己坐在一艘大木船的甲板上，由数百个奴隶摇桨行驶。船主坐在他身边的一张地毯上，全身漆黑犹如乌木，头布是鲜红色的丝巾，大银耳环挂在耳垂上，手里拿着一杆象牙秤。

奴隶们全裸着身体，只围着一块腰布，全部一对对地被锁链套住。他们不顾风吹日晒，在梯口奔忙着，一些黑人在过道上跑来跑去，皮鞭不时地落在他们身上。他们伸出枯瘦的双手，在水中划着重大的桨，水花从桨上溅起来。

后来，他们到了一个港湾，开始测量水深。岸上吹来一阵微风，船上面便铺满一层厚厚的红土灰。三个骑着野鹿的阿拉伯人用长枪投来，船主拿出一支花箭，射中一个的咽喉，他落在浪里，其余的便逃走了。一个戴着黄面纱的妇人，骑在骆驼背上慢慢走过去，不时回过头来看那具尸体。

他们抛了锚，停了船，马上就进入船舱，拿出一架绳梯来，绳梯下面挂着极重的铅锤。船主把绳梯放下，系在两根铁柱上面，黑奴们就把最年轻的一个奴隶抓住，解开锁链，用蜡油封住耳鼻，更在他的腰部系一块大石头。他慢慢爬下绳梯，就沉到海底去了。他沉下去的水面，浮上几个气泡，奴隶中间有几个很稀奇地瞧着。船头上，又有一个赶鲨鱼的人，在很单调地打着鼓。

隔了一会儿，下水的人上来了，他紧紧攀住绳梯，右手拿着一颗珍珠。黑奴们一把将珍珠抢了过来，又把他推下水去，然后就靠在桨上打起瞌睡来。

他又上来好几次，每次上来，必定拿着一颗极好的珍珠，船主把它们一一称过之后，才放进一个绿皮小袋里。

少年王想说话，但舌头紧贴住上颚，嘴唇怎么动也动不了。黑奴们叽里咕噜地闹着，为一颗珠子争吵起来，两只鹭莺绕着船飞来飞去。

下水的人再一次上来了，这回拿上来的珍珠比奥马兹的一切珠子都珍贵，形似满月，比晨星还要光亮，但他的脸苍白极了。上来之后便立刻倒在甲板上，五官流出鲜血，战栗了一阵，便再也不动了。黑奴们只是耸了耸肩头，便把尸身抛下海去。

船主放声大笑着走过来，才看见那颗珍珠，便拿起来放在额上，鞠了一躬，说："这颗珠子可用在少年王的王节上。"说完就吩咐黑奴们起锚。

少年王听见这句话，大叫一声，便醒了过来，窗外已是晨光熹微，星光逐渐暗淡了。

但他立刻又睡着了，做梦了：

他似乎在一片昏暗的森林里漫游，森林里到处都生长着奇

他觉得自己坐在一艘大木船的甲板上，由数百个奴隶摇桨行驶。

怪的果子和美丽的毒花。他从蝮蛇身边经过，蝮蛇嘶嘶地叫着。树枝间，鹦鹉一边飞一边嘶鸣，一只巨大的乌龟在炎热的泥水中沉睡，树上尽是猴子和孔雀。

他在森林里穿梭，最终走出森林，看见一群人在干涸的河床上劳作。那些人好像蚂蚁一般地拥上峻岩，他们在地上挖出一个很大的深坑，便爬进去，然后有的用巨斧劈石，有的在泥沙中摸索。他们连根拔起仙人掌，在红花上践踏，忙作一团，推推攘攘，没有一个偷懒的人。

“死”和“贪”在一个暗洞中看着他们，“死”说：“我厌倦了，把他们的三分之一交给我，让我走吧!”

但是“贪”却摇摇头，回答道：“他们都是我的仆役呢!”

“死”又对她说：“你手里拿着什么？”

“贪”说：“我有三粒谷子，与你有什么关系呢？”

“死”叫了起来：“给我一粒，我拿去种在我的园子里，只要一粒，我就立刻走。”

“贪”说：“我什么也不会给你。”便把手藏在衣襟下。

“死”笑了起来，拿出一只杯子放进池水里，然后便把“疟疾”取出来。只见“疟疾”在人群中穿梭，三分之一的人就死掉了。她的身后涌出一阵冷雾，无数的水蛇在她身边围绕。

“贪”见又死了这么多人，便捶着胸膛哭泣起来，她敲着贫瘠的胸膛大叫："你又杀死我这么多人，你回去吧！鞑靼的山里正有战事，双方的国王都请你快去。阿富汗人把黑牛宰了，也在出兵开战，他们用矛头刺盾牌，身上穿着铁甲。我这山谷不过是个小地方，你不应该在这儿活动，去吧，以后别再来了！"

"死"回答说："可以，只要你给我一粒谷子，我就立刻走。"

但"贪"把手更捏紧了一些，咬牙切齿喃喃地说："我绝不会给你谷子的。"

"死"又笑了起来，拿出杯子，然后捡一块石头抛到森林里，于是"寒热"便成为火焰，从一丛毒草那儿出来了。她行经群众之间，碰着一个便死一个，所过的草地立刻枯黄。

"贪"战栗起来，拿些灰抹在自己头上，叫着："你真残酷，你真残酷啊！印度许多城市在闹饥荒，撒马利亚的井大多都干枯了，埃及也有许多城市闹饥荒，蝗虫铺天盖地从荒地中飞来，尼罗河也溃决了，教士诅咒着生殖神和判官。你到那里去，把我的仆役留下给我吧！"

"死"答道："可以，只要你给我一粒谷子，我就立刻走。"

"贪"摇头说："我绝不会给你谷子的。"

"死"又笑起来，她用手吹起哨子，只见一个女人就从空中飞来。这女人前额写着“瘟疫”二字，有一群瘦鹰围在她四周。她用翅膀罩住整个山谷，那儿的人瞬间死得一个也不剩了。

“贪”一路叫着，往森林中逃去，“死”便跨上红马，也飞驰而走，急驰得比风还快。

山下的泥泞中爬出一些生着爪牙的龙与一些可怕的怪物，徘徊在沙地上，高翘着鼻孔在空中吸气。

少年王哭了：“这是些什么人？他们在这儿找什么？”

一个人来到他身后说：“找王冠上的玉。”

少年王转过身子，看见一个穿着预言家衣服的人，手里还拿着一副银色眼镜。

他脸色发白，问：“为哪一个国王呀？”

预言家答道：“在这面镜子里，你自己去看他吧！”

少年王望着镜子，看到的是自己的脸，他惊得大叫一声醒了，只见阳光已经洒满屋子，鸟儿已经在花园的树枝上开始唱歌。

这时，御前侍臣和朝中大官都进来参拜他，宫仆把金丝朝服取来，王冠和王节也放在他面前。

少年王注视着这些东西。的确，它们都非常漂亮，他从来没有见过如此美丽的东西，但是他想起了他的梦，便对臣仆说：“把这些东西拿开吧，我不穿了！”

臣仆都很惊讶，有的觉得他在开玩笑，竟然大笑起来。

但他说话的态度很严肃："把这些东西拿去藏起来，别给我看见，虽然今天是我的加冕日，但我仍然不要穿它，因为这件衣服是在'悲愁'的机械上，由'痛苦'的手织出来的。这玉中有'鲜血'，珍珠里有'死亡'。"说完他就把三个梦讲给他们听。

臣仆听了他的三个梦以后，相视低语，都说："他一定傻了，梦终究是梦，幻想也终究是幻想，绝非人应该去关心的事，那些为我们劳苦的人的命运，与我们有何关系？一个人，没见过耕种，就不能吃饭吗？一个人，没见过酿酒，就不能喝酒吗？"

御前侍臣对少年王说："陛下，请你抛开这些恶念，穿上这件王袍，戴上这顶王冠吧！否则你不穿戴国王的衣帽，人们怎知道你是国王呢？"

"真的吗？"少年王看看他，问道，"不穿国王的衣服，他们就不知道我是国王吗？"

御前侍臣叫道："是呀，如果您不穿王袍，他们是永远不会知道您是国王的！"

少年王说："我以为有人生来就是长着国王的样子，你说的或许不错，但我还是不要穿这件王袍，戴这顶王冠，我进宫的时候是怎样打扮，现在我就怎样打扮着出宫去。"

他吩咐他们全部退出，只留下一个仆人陪着他。这仆人比他小一岁，留在身边伺候自己。在清水中沐浴后，他打开一个花橱，把在山上放羊时穿的皮袄、皮褂取了出来。穿好之后，又把赶羊的棍子拿在手中。

小仆人睁大一双蓝眼睛，很惊异地微笑着对他说："陛下，我看见了您的王袍和王节，但是您的王冠呢？"

少年王就随手折下一枝露台上的野荆棘，弯成一个圆圈，戴在自己头上。

他说："这就是我的王冠。"

少年王穿着这身衣服从卧室出来，走到大殿上，那儿早有许多贵族在等候。

贵族们见他这身打扮，立刻讥笑起来，有的竟向他叫道："陛下，百姓等着他们的国王，你却要他们去见一个乞丐吗？"许多人也恼怒了，说："他简直是在羞辱我们国家，实在愧为我主。"但他什么也不回答，只往前去，走下云母石梯，穿过紫铜门，然后就骑上马，向教堂驰去，小仆人在他身后跟着跑。

路边的百姓都笑了，并说："骑马去的一定是国王的弄臣。"

少年王勒住马，便说："不，我就是国王呢！"他又把三个梦讲给他们听。

这时人群中走出一个人，很愁苦地对他说：“陛下，您不知道穷人的生活是从富人的奢华中来的吗？我们就是靠您的施舍来活命的啊！固然替暴主效劳是很不幸的事情，但若没有暴主可依，我们就完全没有了生活来源，其苦更甚。您觉得乌鸦会养活我们吗？对此您有什么解救的办法没有？您会对买东西的人说‘你得出这么多钱买下’，又对卖东西的人说‘你得照这样的价钱卖出’吗？请速返王宫，衣紫服而来，您根本不能解决我们的痛苦！”

少年王说：“富人与穷人不是兄弟吗？”

那人答道：“是的，那个富人兄弟的名字叫恶魔！”

少年王满眼含着泪，在人群的嘶嚷中急驰而过，那小仆人竟害怕得逃了。他来到教堂大门前，士兵便把斧戟伸出来挡住他的去路，喝道：“你是做什么的？除国王外，任何人不许进来。”

少年王露出怒容，对他们说：“我就是国王！”他推开斧戟，大步走了进去。

主教见他穿着牧羊人的衣服，很惊异地从宝座上站起来，来到他面前，说：“孩子，这是国王的衣服吗？我用什么王冠给你戴，用什么王节给你握呢？当然，今天是你应该高兴的一天，但也不是胡闹的一天。”

少年王说道：“‘快乐’能穿‘忧愁’穿过的衣服吗？”

又对他讲了那三个梦。

主教听了，立刻皱起眉头，对他说："孩子，我是个老人，在这暮年时期，我知道世间发生着很多恶劣的事情。凶恶的盗匪把小孩子抢去卖给摩尔人；狮子躺在草丛中捕食过路客，猎杀骆驼吃；野熊把山间的稻谷一起连根拔了；狐狸偷吃农田上的果树；盗贼横行在海上，焚烧渔船，掠夺渔网；盐地里的麻风病人，住在破茅草屋里，谁也不敢靠近他们；乞丐在城里徘徊，和狗一起抢吃东西。你能使这些事情没有吗？你能和麻风病人同床、和乞丐共坐吗？狮子能听你的命令吗？野熊能服从你吗？难道那位创造悲苦的'他'不比你聪明？我并不赞成你做这种事，所以你赶紧回宫去，展开笑颜，穿上国王应该穿的衣服，然后我就替你加冕金的王冠，赐你珍珠镶的王节。至于你的梦，别再想了，这世界的重负，一个人是担当不了的，这世界的烦恼，一个人是承受不了的。"

"你在教堂里说这种话吗？"少年王怒道。他从主教身边走过，爬上祭坛的阶梯，来到了基督像前。

他伫立在基督像前，耶稣的双手里放满了精致的金质器皿以及圣杯。珠宝装饰的神坛上，蜡烛十分明亮，一缕青烟，直升上圆圆的屋顶。他开始叩头祈祷，那些穿着华服的教士走下祭坛，让开了。

突然街上传来一阵喧哗，许多贵族，头上插着羽毛，拖着刺刀，有的更拿着钢制的盾牌，一齐走了进来。他们叫着："做梦的家伙在哪儿？穿得像乞丐的国王在哪儿？羞辱我们国家的人在哪儿？我们要杀了他，他没有资格统治我们。"

少年王又叩头祷告，祷告完毕，才站起身来，很忧愁地看着他们。

看啦，就在这时，一缕阳光从贴满彩色花边的窗口射进来照在他身上，少年王犹如穿上了一件金丝王袍，比订制的那件还要尊贵得多。水仙的枯木枝也开满了鲜花，朵朵比珍珠还洁白。玫瑰干枯的荆棘也开了花，朵朵比红玉还艳红。比珍珠还白的是那些水仙花朵，花梗犹如光亮的银子；比红玉还红的是那些玫瑰，花叶犹如金叶片片。

他穿着王袍站在那儿，神坛的门打开了，供台上的水晶，突然射来一束神秘的亮光。他穿着王袍站在那儿，上帝的荣光照满各处，圣像在雕刻的壁龛里蠕动。他穿着王袍站在他们面前，风琴传出了音乐，号手吹起号来，歌手也唱歌了。

人民全部敬畏地跪下，贵族连忙插好刺刀，行了臣服之礼。主教的脸也苍白了，手也战栗着。"一个比我更伟大的人已经给你加冕了！"说完就在他面前跪了下来。

少年王这才从高高的祭坛上走下来，穿过人群回到宫里。这时无人敢看他一眼，因为他的脸完全跟天使的容貌一样。

少年王这才从高高的祭坛上走下来，穿过人群回到宫里。这时无人敢看他一眼，因为他的脸完全跟天使的容貌一样。

星孩儿

Part Seven

我不配做一国之君，因为我以前虐待过我的生身之母，如果我找不着她，得不到饶恕，我是绝不会罢休的，所以请让我走吧。虽然你们把王冠、王杖都拿来给我，但我必须再到其他地方去寻找她，不能在这儿耽搁！

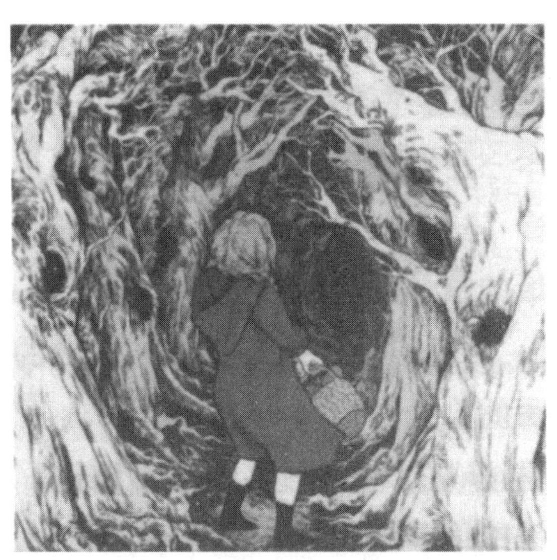

从前，有两个樵夫从一片松林经过。那是冬季很冷的一个晚上，天地间堆着厚厚的白雪，路边的树枝全都弯下身去。他们遇到一个巨大的瀑布，只见她悬挂在空中静止如同帷幕，就像跟冰王亲了嘴似的。

天气真是太冷了，连鸟兽都不知该怎样保护自己。

狼夹着尾巴，在树林中一颠一跛地潜行着，怒道："该死的鬼天气，政府怎么不管啊？"

"啾！啾！啾！"绿色的梅花雀啾啾地叫着，"衰老的大地死亡了，人们已经用白寿衣把她收殓了。"

斑鸠互相低语着："大地要结婚了，这是她穿的婚礼服。"小脚儿早已冻伤，但面对如此困境，他们觉得应该用一种浪漫的态度对待生活。

"胡说！"狼大声叫了起来，"我告诉你们，这全是政府的过错，如果你们不相信，我就吃掉你们。"他的头脑很聪明，辩论总是不会输掉的。

"在我看来，"天生就是哲学家的啄木鸟说，"我不喜欢用这种论调解释什么，一件事情要是怎么样的，就是怎么样的，现在真冷得可怕啊！"

天气确实冷得可怕，住在高枞树里的小栗鼠互相摩擦着鼻子取暖。兔子蜷缩在洞窝里，头都不敢伸出来。唯一比较高兴的，似乎只有毛茸茸的猫头鹰，手都冻硬了，但他们依旧转着那双黄黄的大眼睛，在森林中叫着："吐伙！吐伙！天气多好啊！"

两个樵夫一边走，一边用嘴呵着手指，铁钉鞋在雪块上一步步地踹着。有次石头太滑，两人跌进大坑里，爬起来犹如全身沾满了面粉；又有一次，在厚厚的冰地上突然滑了一跤，负在身上的木柴全部散落在地，只得一根根拾起来重新捆好；还有一次，他们迷路了，十分害怕，因为他们知道雪对于那些睡在她怀里的人是极残酷的。但他们信任着保护一切出行人的神灵，又重新鼓起勇气迈开脚步，终于走出森林，看见山下那个他们所熟悉的村庄。

两人如同死里逃生一般大笑起来，在他们眼里，此时大地仿佛一朵银色的花，月亮犹如一朵金色的花，让人心旷神怡。可是笑完之后，就忧愁起来，他们想到了自己的贫穷。一个樵夫对另一个樵夫说："我们明明知道生活偏袒着富人，而对我们穷人不屑一顾，为什么还要快乐呢？还不如在森林里冻死，或者被野兽扑过来咬死呢！"

"的确，"他的同伴说，"有的人获得太多，有的人获得太少，不公平把世界分成两个样子，可是除了忧愁，世间根本就没有可以平分的东西。"

正在他俩诉说穷苦的时候，忽然从天上落下一颗亮晶晶的星儿。那星儿经过夜空，滑落而下，消失在一棵柳树背后，离小羊栏不远的地方。

“啊，如果找到它肯定能得到一坛金子!”他们拔步飞跑过去，一心幻想着自己成为富翁后的生活。

有一个跑得比较快，超过另外那个樵夫。他穿过树林，来到那棵大柳树旁边，只见雪白的大地上的确有一件闪闪发光的东西。他向前靠近，蹲下身来用手一摸，竟然是一件金丝织成的衣服，上面满绣着星儿，好像包着什么东西似的。他立刻把同伴叫来，说是找着了天上落下来的宝贝。同伴走过来，两人打开包裹，原本想从里面得到几块金子的，但是——啊，根本就没有什么。金子、银子，什么财宝都没有，只有一个熟睡的婴儿。

“希望难道就如此破灭?”其中一个说，“原来什么好运也没有，一个孩子于人有什么好处?离开这儿吧，我们是穷人，连自己的生活都成问题，哪还有多余的钱养其他人的小孩。”

“不行,”他的同伴却说，“把小孩子丢在这儿冻死，是一件很没有良心的事，虽然我同你一样穷，家里的米也仅剩一点儿，还得食用几个月，但我还是想把他领回去，叫我的妻子把他养大。”他很和善地把孩子抱起来，用衣服包好，不让冷风吹着他，一面朝山下的村子走去。至于他的同伴，看到他这种傻乎乎的样子，觉得非常奇怪。

他们刚到村子里，他的同伴就对他说："你既然要这小孩，那么就得把衣服给我，因为这些东西我也是有份在内的。"

"不行，"他说，"这衣服既不是我的，也不是你的，是这孩子的啊！"说完就祝同伴一路平安，然后回到自家屋前。

他的妻子开了门，见丈夫平平安安回来，就双手抱住他的脖子，连吻好几次，这才帮他放下背上的木柴，又替他刷靴子上的雪，叫他进来。

他却对她说："我在森林里找着一样东西，带回来要你照管呢！"仍站在门口不动。

"是什么呀？"妻子叫道，"给我看看吧，这屋子里一无所有，我们正需要许多其他的东西呢！"

他把斗篷拉开，一个熟睡的婴儿呈现在她的面前。

"哎哟！"妻子大吃一惊，喃喃地说，"难道我们自己的孩子不够，还要再弄一个坐在火炉边吗？谁又知道他不会给我们招来厄运呢？我们拿什么养活他呀？"她生气了。

"不要这样啊，"他回答，"这可是一个星孩儿呢！"说着便把这个小孩的来历讲给她听。

但妻子仍旧嘲笑他，怒气冲天："我们的孩子还没有面包，难道还要给别人的孩子吃吗？谁肯照顾我们？谁肯给我们东西吃呀？"

雪白的大地上有一件闪闪发光的东西。他向前靠近，发现是一件金丝织成的衣服，上面满绣着星儿，好像包着什么东西似的。

“不要这样啊，”他回答，“上帝连麻雀都是照顾的，肯定不会把他饿死！”

妻子反问道：“麻雀没有在冬天饿死的吗？现在不是冬天吗？”

他顿时无话可说，愣住了。森林里刮来一阵冷风，伫立在门口的妻子顿时战栗起来，她看了一眼自己忠厚的丈夫，说：“快进来呀，风肆虐无忌地钻进屋子里，我冷！”

他反问道：“心硬的人的屋子，不是总有冷风吹进来吗？”妻子没有说什么，坐到火炉边去了。

过了一会儿，妻子转过头来，眼里满噙着泪水。他立刻走过去把孩子放在她手里，她便吻了小孩，然后把小孩放在最小那个孩子睡的摇篮里。第二天，樵夫拿出那件金衣，放进了箱子里，那孩子颈上挂着一串琥珀珠，也由他妻子取下来保管。

从此星孩儿便同樵夫的孩子一同长大，同食同游。一年年过去，他一年比一年出落得俊俏，住在那村子里的人都觉得惊讶。因为大家又粗又黑，只有他又嫩又白，活像用象牙雕成似的。那卷发儿，犹如水仙花圈儿一样，嘴唇像红色的花瓣，眼睛像清溪边的紫罗兰，身体像草原上未经割除的百合一样圣洁。

可是他的美貌却给他带来灾祸，他因此变得非常骄傲、暴虐与自私。樵夫的孩子、村里别人家的孩子，他都认为出身卑贱，骂他们是杂种。他觉得自己出身高贵，是从星儿里蹦出来的，于是就自命主人，叫人家做他的仆役。对于穷人、瞎子、跛子和残疾人，他非但毫无怜悯之心，反而还用石头砸人家，把他们赶到大路上，叫他们到别处去要饭，所以除了几个胆子特别大的之外，别人绝不敢再到这村子里来乞食。

的确，他非常迷恋自己的美，嘲笑那些软弱的、难看的人，同时还要打骂他们。每到夏天风静的时候，他便躺在教士果园里的水井旁边，向井中看着自己的俏脸儿，顾影自怜，不时发出得意扬扬的大笑。

樵夫两口子常责骂他说："我们对你并不像你对那些可怜无辜的人一样，你为什么要对那些可怜人如此凶狠啊？"

老教士也常叫他去，想教给他一些爱人爱物的道理，总对他说："苍蝇也是你的兄弟，别去伤害他。野雀儿在林里鸣叫，也有他们的自由，你不能因为自己高兴就去捕捉他们。蚯蚓、田鼠也都是上帝创造的，各自有他们的地位。你到底是什么人，要在上帝的世间作恶呢？就是牧场里、田地里的牲口也赞美上帝啊！"

但星孩儿不理他们的话，只是蹙眉嘲笑，又领他的同伴去玩耍了。同伴都喜欢跟从他，因为他既漂亮，又走得快，还会跳舞、吹笛子，更会玩音乐。只要星孩儿领他们到哪儿，他们便到哪儿；星孩儿要他们做什么，他们便做什么。他用木棒刺田鼠的眼睛，他们便笑；他用石头打麻风病人，他们也笑。无论什么事都以他马首是瞻，为此他们的心肠也变硬了，甚至同他一样了。

有一天，一个可怜的女叫花子从村子里路过，她的衣服破烂不堪，一双脚因走了很多的山路而鲜血直流，样子非常落魄。因为疲倦了，她便靠在一棵栗子树上歇息。

星孩儿刚看见她，就对同伴说："看呀，那棵优雅的绿叶树下坐着一个龌龊的叫花婆，我们过去把她赶走，她实在太难看，太讨厌了。"

他走到她的面前，用石头砸她，嘲弄她。叫花婆只用恐惧的目光看着他，视线一点也不动。这时樵夫正在小树林里劈木头，看见星孩儿又在使坏，就跑过来骂道："你真是铁石心肠，毫无怜悯之情，这妇人哪里招惹你了，你为何要这样欺负她？"

星孩儿气得满脸通红，用脚蹬着地说："你是什么人，要你来管我，我不是你的儿子，才不会听你的话。"

樵夫道："对，你的确不是我的亲生儿子，但当初我在森林里收留你的时候，是因为可怜你呀！"

那妇人听见这话就叫了一声，昏死过去。樵夫连忙把她扶到家里，让妻子照管她，过了很久她才醒过来。樵夫在她面前摆些酒肉，劝她安心食用。

但她一点也不吃，一点也不喝，只对樵夫说：“你不是说，那孩子是在森林里捡来的吗？从今天算起，是十年前的事吧？”

“不错，”樵夫答道，“正是在森林里捡来的，是在十年之前。”

她激动起来：“你捡他的时候，身上有什么东西没有？他颈上是不是戴着一串琥珀珠儿？包着他的是不是一件绣着星儿的金缎衣？”

樵夫答道：“对，你说的一点也不差。”说完就从箱子里把琥珀串和衣服取出来给她看。

她刚看见这些东西，就欢喜得哭了起来：“他是我在树林里丢失的小儿子呀，我求你去把他唤过来，为找他我已经走遍世界的每一寸土地。”

樵夫两口子连忙出去叫星孩儿，对他说：“快进屋来看你的母亲，她在等你呢！”

星孩儿满心惊喜地跑进来，但刚看见坐在里面的女子，便轻蔑地大笑起来：“怎么，我的母亲在哪儿，我只看见这叫花婆呀？”

那女的回答他说：“我就是你的母亲！”

“你大概是疯了，”星孩儿怒道，“我绝不是你的儿子，你只是个叫花婆，又丑又脏。所以说，快些走吧，别让我再看见

一个可怜的女叫花子从村子里路过，她的衣服破烂不堪，样子非常落魄。因为疲倦了，她便靠在一棵栗子树上歇息。

你这张肮脏的脸！”

“不，你的确是我儿子，是我在森林里生的呀！”她这样叫着，便跪了下来，双手伸向他，求他过来，“强盗把你偷去了，他们要把你弄死。我一看你就能认出来，这些纪念的东西我也认得，这是琥珀串和金缎衣，所以求你过来吧，为寻找你，我已经走遍整个世界。跟我走吧，我的儿，我的儿，我需要你的爱呀！”

但星孩儿关紧他的心门，站在那儿依旧一动也不动，这时候，除了那女人为痛苦而哭的悲啼，就一点声息也没有了。最后他对她说，声音冷酷而无情：“假如你真是我母亲，最好赶紧滚蛋吧，别来羞辱我了。我不是你所说的那样，才不是叫花婆的儿子，所以你走吧，别让我再看见你！”

“唉，我的儿！”她哭着，“就是我走之前，你也不能吻我一下吗？我为了找你，真是受了不少的罪呀！”

星孩儿却说：“不行，你太脏了，与其吻你，还不如去吻毒蛇和癞蛤蟆。”

女人只得站起来，很凄凉地哭着走了，星孩儿看见她离开，就高兴起来，又跑到同伴那儿，想同他们一起去玩。但同伴才看见他走来，便突然惊叫着一起嘲弄他说：“啊，你真同癞蛤蟆一样丑，像毒蛇一样讨厌。走开，我们不要和你一起玩了！”就把他赶出了花园。

“他们这样对我说到底是什么意思?”星孩儿蹙着眉头，暗自道，“让我到井边去，看看我的俊脸儿是如何地标致。”

他来到井边，往井里望去——哎哟！这是怎么回事？他的脸竟像癞蛤蟆的脸一样丑陋了，身子也像毒蛇一样长出了鳞片。他立即倒在地上，大哭起来，并且对自己说：“这一定是我犯了罪所导致的后果，不认亲娘，在她面前傲慢无礼，还把她赶走，我一定要走遍天涯去寻她，不然我绝不罢休。”

樵夫的小姑娘走到他身边，手扶在他肩上，对他说：“你不好看有什么关系？同我们住在一起好了，我们不会嘲弄你的。”

他却对她说：“不行，我对母亲太残忍了，这是因为犯罪得来的惩罚，我非去不可。我要走遍世界找到她，希望她能饶恕我的罪过。”

因此他跑到森林里叫喊，请他母亲回来，但是没有回应。他整整喊了一天，到晚上便睡在树叶铺成的大床上。动物四处跑开了，因为他们都记得他的暴虐，除了癞蛤蟆和慢慢爬过的毒蛇，那儿就只有他自己一人。

第二天早晨起来，胡乱摘了些苦果儿充饥，他就穿过树林朝前走去，一路上伤心地痛哭着，无论遇见谁，都问可曾碰见他的母亲。

他对田鼠说：“你能钻到地下去，告诉我，我的母亲在哪儿？”

田鼠却对他说：“你捣瞎了我的眼睛，我怎么知道呢？”

他对梅花雀说：“你能在天空中飞行，看见全世界，告诉我，你能看见我的母亲吗？”

梅花雀对他说：“你把我的翅膀也剪了，我怎能再飞呢？”

他又对独住在棕树上的小栗鼠说：“我的母亲在哪儿呀？”

栗鼠对他说：“你杀了我的母亲，难道你还要杀你自己的母亲吗？”

星孩儿只得哭着低下头，恳求上帝创造的生物宽恕他，然后继续在森林里穿行，寻找那女叫花的身影。第三天，他才走出森林，来到一个平原上。

他每经过一个村子，孩子就会嘲弄他，用石头砸他；庄稼人连牛栏都不让他睡，说他会把谷物弄脏；就连雇工都赶他走，谁也不可怜他。虽然三年来他在世界各个地方都漂泊过，甚至常常觉得自己的亲娘就在前面走着。他喊她，追她，直到尖尖的石头把脚底刺出血来，才发现那竟然是一场梦幻。他无论在什么地方都打听不到母亲的行踪。所有路上的人，谁也不说曾经看见过他的母亲，或者看见像他母亲的人，反而作弄他，使他更添忧愁。

三年来他走遍全世界，在流浪中得不到爱，得不到关切，也得不到仁慈，然而这正是他从前得意之时为他自己创造的世界啊！

一天傍晚，他来到一处靠河的城门口，那城墙异常坚固，虽然已经非常疲倦，双脚也疼痛难忍，但他还是要进城去，只是守门的卫兵把刺刀横下来拦住他，恶狠狠地说：“你进城干什么？”

他回答：“我是来找我母亲的，请准我进去吧，她或许就在里面呢！”

守门的卫兵嘲笑他，有一个捻着胡须，放下盾牌，向他叫道：“老实说，就是你母亲看见你，也不会高兴的。你比泥沟里的癞蛤蟆还不如，在山上爬的毒蛇还比你俊俏一些，滚吧，你母亲不在这城里。”

另一个手执杏黄旗的卫兵对他说：“你的母亲是谁？你为什么找她？”

他说：“我母亲是个叫花子，同我差不多的样子，我从前待她不好，请准我进去，若是她在城里，找到她，或许她会饶恕我的。”但他们不答应，还要用矛刺他。

星孩儿哭着转身走了，这时突然过来一人，身穿镀金花甲，盔上绣着飞狮，问那些士兵，要进城的是谁。他们便对他说：“是个叫花婆的儿子，也是个讨饭的，我们已经把他赶走了。”

“不必，”那个人笑着喊道，“我们可以把这脏东西卖给别人去做奴隶，得来的钱还可以换一杯甜酒喝呢！”

旁边正经过一个面目狰狞的老头儿，说道：“这家伙我买了。”说完他付了钱，一把拉住星孩儿，往城里走去。他掏出一条丝巾，把星孩儿眼睛蒙住，当丝巾解开的时候，星孩儿便发觉自己已待在一间土牢里，牢里点着油灯。

老头儿用一个木盘盛了些面包皮，放在他面前说：“吃吧！”又用一个杯子装了些污水，也放在他面前说：“喝吧！”他吃完之后，老头儿便走出去，用铁索拴紧了大门。

那老头儿是个狡猾的非洲术士，跟一个住在尼罗河畔皇墓里的人学过魔法。第二天，他走进来，蹙眉对他说：“在异教徒城门附近的一片森林里，有三块金子，一块是白金，一块是黄金，还有一块是赤金。今天你去帮我把白金拿来，如果拿不来，就打你一百鞭。快些去，太阳落山的时刻，我在花园门口等你。你是我的奴隶，我花一碗酒的价钱把你买来，不听我的话，小心我打断你的腿。”他用丝巾遮住星孩儿的眼睛，带着他走出房间，穿过罂粟花园，上了那五级铜梯，然后用戒指把门打开，把他放到街上去了。

星孩儿走出城门，来到术士告诉他的森林。

这林子，从外面看来十分美丽，里面似乎定居着许多鸟儿。星孩儿快快活活地朝里面走去。但是他无论到了哪里，地上总有又尖又粗的荆棘拦住他的路，凶恶的荨麻刺痛他，蓟也拿它的刺戳他，使得他痛苦不堪。术士要他拿的金子，从早晨寻到中午，从中午寻到傍晚，怎么都找不着。日落时，他伤心地哭着往回走，命运对他真的太坏了，他不知道接下来将有什么样的事情发生在自己身上。

但他刚走出森林边界，就听到树丛里传来一声哀叫，这时他忘记了自己的忧愁，跑回森林，才发现原来是一只小兔子落在猎人的陷阱里了。

星孩儿很可怜它，就把它放了，对它说："我自己也不过是个奴隶，但我竟可以给你自由。"

兔儿回答它说："你给了我自由，要我拿什么报答你呢?"

星孩儿就对它说："我正要找一块金子，但到处都找不着，若找不着，回去就要挨主人的打。"

兔子说："跟我来吧，我知道那东西藏在哪儿，并且为什么藏在那儿的原因我也知道。"

于是星孩儿就跟在兔子后面，刚走到一棵橡树穴口边，就看见要找的金子正放在那儿。啊，他因此高兴极了，拿到金块，便对兔子说："我不过为你做了一点小事，你却加倍地偿还我；我不过对你施了一点小恩，你却百倍地报答我。"

兔子道："不是这样说，只要你怎样待我，我就怎样待你。"说完它就很快地跑走了，星孩儿才转步回城。

这时候，城门口正坐着一个麻风病人，脸上盖着一块灰帕，

那老头儿是个狡猾的非洲术士，跟一个住在尼罗河畔皇墓里的人学过魔法。

眼睛好像火炭一般通红。他见星孩儿走来，便敲着木碗，摇着铃子，大声向他叫道："给我一点钱吧，我要饿死了，他们把我赶出城来，谁也不怜恤我。"

"唉！"星孩儿叹气道，"可是我口袋里只有一块金子，不拿回去交给主人，他便会打我，我是他的奴隶呀！"

但那麻风病人又央告他、请求他，星孩儿就发了慈悲心，把那块白金给他了。

回到术士家里，术士给他开了门，领他进来，问道："那块白金拿来了吗？"

星孩儿回答："没有拿来。"

于是术士抓住他就一顿痛打，随后放一个空木盘在他面前，说："吃吧！"又给他一个空杯子，说："喝吧！"最后又把他关到土牢里去了。

第二天，术士又来对他说："假如今天你不把那块黄金拿来，我一定把你当奴隶看待，打你三百鞭。"

星孩儿便再次来到森林里，去找那块黄金，找了一天，到处都找不着。日落时他便坐下来哭泣，正在这时，被他从陷阱里救起来的小兔子跑来了。

兔子问他："你为什么哭？你在这林子里找什么？"

星孩儿说："我要找一块藏在这森林里的黄金，假如找不着，我的主人就要打我，拿我当奴隶看待。"

兔子叫道："跟我来！"便往森林里跑去，他们来到一个水池旁边，才停下来，就在池底发现了那块黄金。

星孩儿说："我应该怎样感激你才好呢？啊，你救我，这已经是第二次了！"

兔子说："没关系，你曾可怜过我！"这样说着，便很快跑开了。

星孩儿取了黄金，装进口袋里，急忙向城内走去。麻风病人刚见他来，又跪下向他叫着："给我一点钱吧，我快饿死了！"

星孩儿便对他说："我口袋里只有一块黄金，而且不拿回去交给主人，他便要打我，拿我当奴隶看待。"

但那麻风病人仍百般地哀求他，又使星孩儿动了的恻隐之心，又把那块黄金也给了他。

回到术士家里，术士给他开门，领他进去，便对他说："那块黄金拿来了吗？"

星孩儿说："没有拿来。"

于是术士抓住他，又痛打一顿，并且还套上锁链，把他打进土牢里。

第二天，术士又来对他说："如果今天你把那块赤金替我拿来，我就放你自由，如果不拿来，我一定把你杀死。"

于是星孩儿再次来到森林里，找那块赤金，找了一天，怎么也找不着。傍晚他就坐下来哭泣，正在这时，小兔子又来了。

小兔子告诉他：“你要找的那块赤金，就在你背后那个洞里，别哭了。”

星孩儿便说：“我应当怎样感激你才好？啊，你救我，这已经是第三次了！”

兔子说：“没关系，你曾可怜过我！”这样说着，很快地跑开了。

星孩儿走进背后的那个洞里，在洞底找到了那块赤色的金子。他把它放进口袋，急忙向城里走来。那麻风病人看见他来，就站在路中央，向他叫道：“把那块赤金给我吧，我快要饿死了！”

星孩儿又可怜他，把赤金也给了他，对他说：“你比我更需要它。”但他心里依然很难过，因为他知道死亡的阴影已笼罩在自己身上。

但是，看啊！当他走进城门的时候，卫兵们都躬身行礼，说道：“我们的主多么好看啊，您是我们国王的儿子！”一群老百姓也跟在他后面欢呼：“世间绝没有这样好看的人！”星孩儿听见，反而哭泣起来，暗自说：“他们都瞧不起我，还要嘲弄我，拿我的不幸来寻开心。”这时拥挤的人越来越多，使他迷了路。在人群中一阵穿梭，他来到一个大广场，王宫便矗立在他的眼前。

这时宫殿开了门，许多教士和大官都出来迎接他，伏在他身前，高声说道：“陛下便是先王的儿子，我们所期待的王！”

星孩儿就回答他们道：“我不是什么先王的儿子，我只是个叫花婆的儿子，我知道我很丑，你们为什么要说我好看呢？”

身穿镀金花甲，盔上绣着飞狮的那人便拿起盾牌给星孩儿当镜子，并叫道：“我王为什么说自己不好看呀？”

“啊！”星孩儿一照，立刻惊叫起来，他的脸又同当初一样，美丽的面容复原了，并且他还看见自己的眼睛里有一种从来不曾有过的东西。

教士和大官们便跪下来，对他说：“从前有位先知曾预言，统治我们的人就要在今天降临，所以请我王戴上这顶王冠，手持这个王杖，以正义与慈悲之心来做我们的国王吧！”

但星孩儿对他们说：“我不配做一国之君，因为我以前虐待过我的生身之母，如果我找不着她，得不到饶恕，我是绝不会罢休的，所以请让我走吧。虽然你们把王冠、王杖都拿来给我，但我必须再到其他地方去寻她，不能在这儿耽搁！”说完，就转头往城门的那条街望去。

啊，他突然发现，在围着兵士的人群中，他的母亲叫花婆竟然就在那儿，旁边站着那个坐在城门口向他讨要金子的麻风病人。

他高兴得大叫起来，立刻跑过去跪下来吻母亲的双脚，用自己的眼泪去清洗那些历经风霜的伤痕。他在灰地上磕着头，好像心胆俱碎的人那样痛哭着：“母亲啊，我在得意的时候虐待了您，如今在我失意时，您要了我吧！母亲啊，我给您的是憎恨，可是我却想要您的爱！母亲啊，我曾抛弃了您，现在请您收留不争气的儿子吧！”但那叫花婆却不回答他。

他又伸手抱住那麻风病人的双腿，对他说：“我救过你三次，你替我求求她，让她再同我说一次话吧！”那麻风病人也不理他。

于是他又哭泣起来：“母亲啊，我痛苦得实在不能忍受了，饶恕我吧，让我再回森林里去好了！”这时叫花婆就把手搁在他头上，对他说声：“起来！”麻风病人也把手搁在他头上，也对他说声：“起来！”。

星孩儿站起身来，看着他们。啊，原来他们一个是国王，一个是王后。王后对他说：“这是你救助过的父亲。”国王又说：“这就是你用眼泪去洗她脚的母亲。”

他们抱住星孩儿的额头吻他，把他带回王宫，给他穿上华丽的衣服，戴上王冠，又把王杖交给他，让他治理那座河畔的王城，做了那个地方的国王。从此以后，他做了很多有利民生的善事，作恶的术士也被赶走了。对于樵夫两口子，他送去许多贵重的大礼，以报答他们的养育之恩。他们的儿女，也被赐了很大的恩典。并且他还不准人们虐待鸟兽，教人们要有和爱、慈悲、亲切与向善之心，没吃的给他面包，没穿的给他衣服，从此国家就平安富庶起来。

然而他当政的时间并不长久，因为他所受的痛苦太深，所受的磨炼也太苦，三年后就死了，他死后继承王位的是一个很坏的国王。